山水笔记

王永红 著

人民东方出版传媒
東方出版社

图书在版编目（CIP）数据

山水笔记 / 王永红 著 . —北京：东方出版社，2022.11
ISBN 978 – 7 – 5207 – 2850 – 8

I. ①山… II. ①王… III. ①散文集 – 中国 – 当代 IV. ① I267

中国版本图书馆 CIP 数据核字（2022）第 112942 号

山水笔记
（SHANSHUI BIJI）

作　　者：王永红
责任编辑：罗少强
扉页题签：衣雪峰
封面设计：林芝玉
出　　版：东方出版社
发　　行：人民东方出版传媒有限公司
地　　址：北京市西城区北三环中路 6 号
邮政编码：100120
印　　刷：北京九州迅驰传媒文化有限公司
版　　次：2022 年 11 月第 1 版
印　　次：2022 年 11 月北京第 1 次印刷
开　　本：710 毫米 ×1000 毫米 1/16
印　　张：13.5
字　　数：170 千字
书　　号：ISBN 978-7-5207-2850-8
定　　价：80.00 元
发行电话：（010）85924663　85924644　85924641

目 录

001　足迹与心迹（序一）　温新阶
007　拨人间烟火描芸芸众生（序二）　方一方

小河十潭

002　小河十潭之一・纸浆潭
005　小河十潭之二・桥潭
010　小河十潭之三・錾磨石潭
013　小河十潭之四・棺材石
017　小河十潭之五・岩板道场
020　小河十潭之六・回龙潭
024　小河十潭之七・鱼母洞
030　小河十潭之八・鸡公潭
042　小河十潭之九・长潭
049　小河十潭之十・石板潭

穿珠识玉

054　故事家的“上书欲”

064　珍珠山村，笑声智语今犹在

往事如烟

074　逮　鱼
098　渔洋关下觅知音
103　亲亲清水湾
110　山里姐儿会做鞋
114　小河几多放排人
118　大哥
121　愈老愈念童稚趣
124　略说渔洋关白茶
125　漫话五峰老城
128　那年雪真大
131　冬天的味道
133　最爱彩霞漫天时
136　朋友趣事
141　小河渔者之故人旧事
145　最后一个镜头

乡居村语

150　难忘小河木梓树
153　白溢寨搜奇
157　王冠洞的传说

161 农活初学成
165 洋芋的品格
167 一棵桂花树
170 与动物为善
175 年猪

文墨笔谈

180 圆梦之旅
185 别具特色的渔洋关民俗节
189 十碗八扣待宾客
193 曲苑奇葩柳子戏

196 历历岁月送年轮（编后语）
199 白云生处有人家（代跋）

足迹与心迹（序一）

温新阶

2021 年 11 月 23 日，我们和好友王永红去了一趟清水湾。

天空湛蓝，阳光旋转着光环，在清水湾写满一地灿烂。白桦脱光了叶子，让风的穿行更加流畅，清水河碧水汩汩，河岸的栏杆古朴而又时尚。已经收割的田畈敞亮宽阔，高高低低的民居散落在山边的田畴之中。老街蜿蜒，昔日的粮管所供销社门栏上油漆斑驳，岁月风霜的雕刻缓慢而又坚定。

王老师来给母亲上坟。

王老师的母亲出生于此，归葬于此。

为了躲避战乱，王老师的父亲和母亲曾经在湖南的八峰山定居，王老师就出生在八峰山。在他两岁的时候，母亲突发急症，撒手人寰。母亲弥留之际，口中念念有词：我要回清水湾……

母亲回到了清水湾，躺在这片她最熟悉的地方已经 70 多年。山边的茅草 70 多次由青变黄，当年刚刚没过王永红头顶的白桦树早已高逾房顶，只有狮子垴依然是那样庄严肃穆，不苟言笑。

王永红蹲在坟前，烧着纸，焚着香，跟母亲说着话。70 多年，他来过多少次，每次来，都有说不完的话，从少年说到老年，总是说不够。

我们站在王永红身后，垂首鞠躬，西斜的太阳把我们的影子印在草地上，瘦削而颀长。

从清水湾回到宜昌，每每读到王永红的散文，我总是会想起清水湾来，想起那个午后的太阳。

王永红出生在八峰山，在清水湾度过了他的童年，尔后在渔洋关生活求学，在老县城五峰镇被县文化馆招工，后来又调到文化馆渔洋关分馆工作，1987 年，办了建房手续，在小河旁父亲的菜地边建了房子，一直居住到现在。门前河水涣涣，屋后青山巍巍，让人心生爱慕。

几十年的岁月，王永红的足迹遍及大江南北，长城内外，他为大好河山激动，他为旖旎风光感奋，但他心心念念的还是五峰的山山水水，五峰的群山是他的骨骼，五峰的河流是他的血液。这里的一条条小道被他踩过多少次，这里的一座座山峰被他攀爬过多少回，有时踩在冰雪上，脚印被阳光晒化了，有时涉过溪河，脚印随水漂走，但是他相信，只要来过，足迹就一定还在，在这片土地上，在自己心里，也在很多人心里。

于是，王永红拿起笔，写匍匐在鄂西南版图上的五峰，写他心中的五峰。他写小河十潭、白溢寨、清水湾的风光，写刘德培、王作栋、小河渔者和放排人等人物，写十碗八扣、过年拜年、姐儿做鞋的民俗，写柳子戏、渔关白茶、民间故事等诸多文化。这些人，这些事，一直在他脑海里排队，现在，王永红用文字列阵，让这些人和事走进我们的视野，成为一道一道艺术的风景！

一切景语皆情语。足迹也是心迹。

王永红写五峰的山水，寄托了他的深情，写他自己从事的文化辅导工作，写他自己的创作历程自然是情意满满，而写那些帮助过他的老师，写自己的至亲好友更是情真意切。

王永红是一个质朴的人，待人真诚实在。他又是一个懂得节制感情的人，内心深处感情的激流也许汹涌澎湃，而他呈现出来的却总是潮汐平息过后的一汪静水，有的人则不然，心中一点情感的涟漪都没有，却要给你展示出一叠轩然大波。王老师给你一杯水，他把糖分都过滤掉了，就是一杯没有杂质的清水，但是你越喝越甜。一杯清水会在时光的燃烧中糖化，这也许是最为神奇的化学反应。

我们读完《山水笔记》，很难找到一处直接抒情的句子，甚至附着了情感的描写都很少见，一是一,二是二，把事情的本来面目呈现出来，就足够了。

王永红的《山水笔记》一方面是作者的本色演出，作者排斥过度的描绘和渲染，但作者深知如何让自己的作品更加具备文学的特质，让作品更形象、更生动、更有感染力，他是擅长而又谨慎地使用着文学手段。

我们随便找出一个例子。

在“小河十潭”之五《岩板道场》的结尾，作者写道：

> 我非常钦佩这些矿山的自身康复和再生能力！本来已是伤痕累累，体无完肤，肚开肠破，满目疮痍了，可只十多年的时光，矿山上全都长出了草木、藤蔓，满山苍翠了，有的树木都长一人多高了。

这是一段议论，赞美了生命的顽强，字里行间流露出生态恢复的惊喜。接下来，作者又写道：

> 春暖花开，山青水绿，蜂飞蝶舞，雀鸣鸟啭，小河两岸，马

岩墩、樱桃山上遍地郁郁葱葱，层林尽染，争奇斗艳，生机盎然。我站在岩板道场上，看见绿水里鱼儿游，看见青山上花儿艳，看见蓝天中白云儿飘，我就想：我要是会吟诗作对就好了啊！我多么想写一首赞美诗啊！

这里，首先是描写，描写了生态恢复后的岩板道场的美景，这是怎样的一幅美丽图画，生动形象，美不胜收！结尾是作者的抒情，面对这美景，作者的情感不能自已，忍不住抒发了内心激动兴奋的情感。

在“小河十潭”之八《鸡公潭》一文的结尾，作者写道：

我漫步在黄龙寨小区，月光之下，鸡公嘴隐约可见，而鸡公潭却没了！我不觉有些失落，我忘不了我与鸡公潭的那些故事。我忘不了鸡公潭！

鸡公潭铭刻在我心里。永远永远！

鸡公潭的遗址上建起了漂亮的黄龙寨小区，从实用的角度来看，这是一件好事，从文化的角度来讲，我们在欣赏漂亮小区的时候，不排除对往日的鸡公潭的怀念，这并不矛盾，所以，作者的这段抒情很自然，很恰当！

我们不看“小河十潭”了，再翻看其他的作品。

《珍珠山村，笑声智语今犹在》是王老师记叙跟故事家刘德培交往的文章，文章写得情深殷殷，令人感动。作者写了一次去看刘德培时在路上行走的情景：

第二天一清早，我们就出发了。风吼雪飘，天寒地冻，公路

> 封路了，车辆停运了，我们只好步行。我们踏着冰雪，迎着寒风上路了。县城到刘德培家有二十多里路，寒风还在刮，大雪还在下，行走很艰难，去时大多是上坡，雪深路滑，我们一次次跌倒，一次次拥抱、亲吻路上的冰雪，跌倒了爬起来，爬起来了又跌倒，头发、眉毛上都是雪花，而身上却感觉有汗沁出。

这段描写，写出了行路的艰难和内心的乐观，艰难和乐观的对比，表现了要见到刘德培老人的决心和激动的心情。见到刘德培老人之后的情景作者是这样表述的：

> 刘德培居住的是一栋土起瓦盖的旧房子，大门紧闭，房顶瓦缝里冒出缕缕青烟，证明屋里有人，刘德培老人在家。我们走过去，轻轻敲了敲门。问："刘老在家吗？""在家呀！"随着刘德培老人的回答，大门打开了。我们是熟人，他一见到我们就是一阵阵响哈哈，朗朗笑道："难怪我刚才喷嚏打得山响，原来是两位王爷光临哪！"说完又是一阵哈哈大笑，把我们迎进屋里。走进屋里，一股热气扑面而来，我们看见火坑里火旺旺的，暖和极了。刘德培老人又往燃烧着的柴火上面加了两大块栗树劈柴，火更加熊熊燃烧起来。

屋顶瓦缝里冒出缕缕青烟，这是一句叙述，实际上也是一句描写，一幅雪日民居图就在我们眼前，接下来，作者和刘德培老人的对话描写，短短几句，把人物身份表现得淋漓尽致，特别是刘德培的两句话，一个爽朗开通的民间故事家的形象跃然纸上。然后，作者写道：刘德培老人又往燃烧着的柴火上面加了两大块栗树劈柴，火更加熊熊燃烧起来。这既是写实，也是象征。

这样的例子比比皆是，生动、形象，表现了作者非同一般的文学功底。

王永红的足迹遍及五峰的山山水水，他的《山水笔记》记录了他在这片土地上的足迹，生活的足迹、工作的足迹、文学的足迹，这是一串坚实的足迹，是一串催人奋进的足迹！几十年来，他用自己的脚丈量着这片土地，他的灵魂、他的情感都已经深深楔入这片土地，在这片土地上生根发芽，成长为一片绿树。《山水笔记》也是他的心迹在这片土地上的投射，其情殷殷，无比感人。

岁月悠悠，江河奔流，王永红先生杖朝将及，对社会的观察将更加独到，对生活的体悟将更加深刻，还可以写出更多更好的作品。马老识途 107 岁还有新著问世，王永红也会有新作迭出，我们期待着！

清水湾的白桦还在生长，王永红的足迹还会印满更加广袤的原野。

王永红的每一次行走都会是诗的律动，每一次行走都会有文字的新叶编织绿韵。

每一个清晨的鸟鸣都是行走的发令，文学的花海向远方铺开……

（温新阶，中国作家协会会员，湖北省作家协会散文创作委员会副主任，湖北省宜昌市散文学会会长）

拨人间烟火描芸芸众生（序二）

方一方

把散文集《山水笔记》的打印稿捧在手中，我又一次荣幸地成为永红先生的专著付梓前的先睹先快者。掩卷之余，我禁不住感而叹之：岁月不饶人，与永红相识且称师谓友近半个世纪，当年风华正茂的青年才俊如今已“奔八”而去。令人欣慰的是，永红手中那支紧握不放、给众多读者带来过快乐与记忆的笔依然墨汁饱满，我的书橱中又将添上珍藏！

据我所知，从参加工作到退休直至今天，永红从来别无奢求，“低调”是他的本色，“高产”是他的风格。可是，偏偏“辅导干部”一直是他引以为自豪的名头或称呼。其间，少不了文学爱好者书面地当面地向他讨教“写作”。

永红的第一部专著是小小说。在郑家台的子虚村里，我们看到了一群名叫桃花、李花、杏花、茶花、菊花、梅花等许许多多花一样的女人。这些花，有的鲜艳，有的清香，有的淡雅，有的带刺。正是这些生动鲜活的女人们的出现，使子虚村的百户千口在油盐酱醋茶、酸甜苦辣辛中过日子；乡间的袅袅炊烟，鸡鸣犬吠以及古老的风俗习尚，家长里短，人情世故，炎凉冷暖如万花筒一般闪现在我们眼前。

永红把人间烟火拨弄得热气腾腾。因为，生于斯长于斯，他深爱郑家台，他熟悉子虚村。

永红的短篇小说《水猫子》（之后改为中篇小说《逮鱼》）是一件令人心灵震撼的作品。当年的“他”在郑家河畔长大，水性好生了得，一个猛子下去，在水底待上三五分钟不在话下；只要他盯上的鱼，没有逮不上岸的；因此“水猫子”远近闻名。当时，为了谨防私家在“集体”的河里逮鱼，大队名正言顺地成立了“逮鱼队”。大队领导说，逮的鱼一律交给大队，一律卖给国家，收入归集体所有。还说，大鱼小鱼，能逮则逮，公鸡母鸡都是鸡，鳝鱼泥鳅都是鱼。就这样，他当之无愧地被任命为逮鱼队队长，并签下合同。那一天，他将线麻绳的一头套在手腕上，把鱼钩抛到潭中。不一会儿，一条硕大的娃娃鱼咬住了鱼钩。正当他与娃娃鱼搏力斗智、僵持不下的时候，山洪把人和鱼都卷入了深潭中……他几乎耗尽了所有的力气，他陷入深深的恐惧、绝望之中。而此时的娃娃鱼，拼命地游向岸边，他也被带到岸边。洪水稍稍退去，他发现自己和口含鱼钩、被划得浑身鲜血的娃娃鱼都躺在乱石堆里。他确信，是娃娃鱼救了他的命。于是，他解开拴在手腕上的麻绳，小心翼翼地取下娃娃鱼口中的鱼钩，放它回家。娃娃鱼游到水中，又回头望了他一眼，对视的那一刻，他的眼中噙满泪水……

值得回味的是，永红的短篇小说《水猫子》成稿于20世纪80年代末；三十多年前，人们的“环保”意识不可能像今天这样强烈。正因为《水猫子》和中篇《逮鱼》在赞美人性，赞美生命，赞美人与自然和谐共生，所以，直到2012年在《草原》杂志发表，2016年在《长江丛刊》刊发，作品才以其“深刻的思想性和鲜明的时代意义”荣获两个刊物的年度文学奖。把身边的小人物小事件描写出来，以小见大，足以显示永红的功力。

《山水笔记》大多曾见诸报纸杂志，只有少许篇目首次与读者见面，《山里姐儿会做鞋》便是其中之一。“山里姐儿会做鞋，山外哥儿进山来，一把拉住姐儿手，张口就要新布鞋，不为鞋子不得来！”是永红早前搜录的一首五句子情歌。布鞋，是当地青年男女爱情的信物、定情物，好比有些少数民族的香袋、荷包、绣球，布鞋也是姐儿心灵手巧、聪明贤惠的物证。这里，永红为了阐明布鞋的意义，为了展示民间情歌的魅力，为了夸赞山里的姐儿，不顾自己的“声誉”，把自己遇媒，见面、接鞋、退鞋以至于“布鞋不合我的脚，我们走不到一块”的过程叙述了一番。故事是真是假，结局是否“悲催”并不重要，重要的是永红把民间的东西信手拈来融入自己情感中的技巧与手法。民间的东西赋予他更多的想象空间。

从小说到散文，从诗、词到民间文学，屈指数来，《山水笔记》是永红的第 14 部心力之作。永红的书大多是他退休后出版的。我们见证了宝刀不老和笔耕不止。说来有人惊讶，我还在读书的时候，他的相声作品就上了省刊，今天翻阅仍令人捧腹。足以见得，永红就像一个技艺不凡的烹饪大师，一个不浪费任何食材的大师，他能整出色、香、味俱佳的宴席，也能端上鲜美的农家小炒。

永红在用大半生的经历和精力回答了关于“写作”的话题，“爱”是他最大的动力。他亲近自然，爱乡土，爱生活，爱青山绿水，爱人间烟火，爱一切美好的事物；爱到深处，只好用笔把它释放出来；而他释放的爱的姿态使他更为可爱。记不清是谁说过：“如果一个人到老都可爱，唯一原因是因为他灵魂的美妙”。

冰心说过，“有了爱，就有了一切”。

2022 年 1 月 16 日

（方一方，中国音乐家协会会员，湖北省作家协会会员，歌词作家）

小河十潭

小河十潭之一

纸 浆 潭

我计划写一组“小河十潭”的文章，纸浆潭是小河的起点，是必须写的。可我在小河边住了五六十年，竟然不知道纸浆潭的来历和纸浆潭应该是哪几个字。我想把它弄清楚，便专程去采访住在纸浆潭边的郭士凯先生。郭先生八十岁上下，住在黄龙洞出口不远处的洞河、小河、杨家河交汇的地方。当地把他住的地方叫洞河。我在他那里，才弄清了纸浆潭的来龙去脉。

洞河是从黄龙洞里流出的地下水接连小河的约一公里左右的溪河。黄龙洞在千丈峭岩绝壁之中，黄龙洞两边悬崖下的两个自然村叫马岩墩。洞河把马岩墩分开成上马岩墩、下马岩墩。简单称呼叫上墩、下墩。马岩墩多水田，土质肥沃，水量丰沛，盛产稻谷。除了稻谷，还有大片大片的竹园，有金竹、桂竹、楠竹和水竹。稻谷脱粒之后的稻草和竹子是造纸的好原料。新中国成立前，洞河两岸先后开办了四家造纸厂。临近小河的一家就是郭士凯家祖父开办的。这些纸厂全都一样生产粗纸和斗方纸。粗纸多用于店铺里包装，斗方纸也叫迷信纸，做成纸钱，敬菩萨敬祖宗焚烧用的。也有做卫生纸的。造纸厂是一种小作坊，粗犷型生产。生产出的粗纸和斗方纸全都是黄颜色的，不像现在有各种颜色的纸。

造纸工艺流程比较简单。每家纸厂都必须先挖几个水池，根据地形，水池有大有小，水池挖好了，就把造纸的原材料放进去（竹子要锯短捶破），放一层材料撒一层石灰，将水池铺满，水要淹住原材料。根据需要泡十天半个月，甚至更长时间。接着把材料捞起来，清洗干净，送进碾槽碾碎。碾坊里有一个大碾盘。碾盘是用坚硬的青石打磨成的大圆盘，直径有两三米，上千斤重，利用水车带动碾盘旋转，把材料碾成细末儿，碾成纸浆。然后把这些碾碎了的纸浆放进一个池子里，用筛状的盘子一层一层捞起，过滤，晾干，再放到太阳光下晒干后，就切割成需要的大小和形状。粗纸比较粗糙，但不易断裂，斗方纸比较细腻，但容易破碎，必须分别晾晒。晒干后，一捆一捆地打包存放到库房。再等客商来购买和送出去销售。泡材料的石灰渣和造纸废弃的纸浆都排入洞河里，流入小河里的第一个潭里。四家纸厂的石灰渣、纸浆全都排放到这个潭里，经年累月不断地排放。这个潭很大，水很深，又是不大流动的静水，纸浆流入这个潭之后便慢慢沉淀、淤积，渐渐地把这个潭填积了很厚很厚的纸浆。后来人们就把这个潭叫作纸浆潭了。

洞河纸厂的生意曾经很兴隆，四家纸厂规模大体相当，各厂常年雇工五人左右，急需抢生产进度和增加产量时，再根据情况雇请适量的临时工。洞河也因此很热火。这里有客栈，有药铺，还有小学校。我就在这所小学里读过四年级。特别是还有一条骡马大道必须经纸浆潭边郭家纸厂。这条骡马大道从渔洋关镇子出发，沿十里小河岸边行走至纸浆潭，过洞河实木屋桥，上马岩墩，转转马楼，攀缘佛神岩，翻越跑马岭，经过三板桥陶瓷窑厂，进货出货于湖北湖南交界处的边境口子镇清水湾，然后翻越南岭大山，直达湖南石门。马岩墩的善人们为了骡马大道畅行无阻，在洞河上修建了一座上十丈长的实木屋桥，桥上盖了瓦，桥两边靠着护栏做了长木板凳，人们在这里可以驻足歇息，遮风避雨，热天更是纳凉解暑的好去处。后因年代久远，桥下的顶梁柱腐朽断折，木桥就坍塌了。20 世纪 80 年代沿木桥旧址修建了石拱桥，上马岩墩车行人往畅通无阻了。马岩墩上稻花香，人均一亩梯水田的新闻更是经这里传诵省内外。

五六十年代，洞河纸厂生产的粗纸、斗方纸已经不适应市场的需求，无人问津了，加之纸浆对河流的污染太严重，洞河的所有纸厂先后停产关门。纸浆潭也变得水绿河清，清澈见底了，恢复了以往的本来面目，留下了一段难忘的历史。现在的纸浆潭上游两百米处有一家私人茶厂，五百米处有一个个体水电站。这里依然眼见的是青山绿水，蓝天白云，人来人往，热热闹闹。纸浆潭深情地陪伴着这里的人们，见证着这里的人们实现小康的梦想！

洞河纸厂群造就、成就了纸浆潭的名称和名声。纸浆潭记录、承载了洞河纸厂群的兴衰历史。洞河纸厂群完成了它们的历史使命不复再有了，但纸浆潭的名称却会永远永远传下去！

（原载 2021 年 9 月 23 日《中国文化报》）

小河十潭之二

桥 潭

桥潭，位于小河中游，据说早前这里有一座桥，但我从知事起就没见过这里有桥。听老辈子人说，他们也只是听父辈说过这里有桥。1935 年 7 月 3 日至 8 日，一场瓢泼桶倒的大雨没停过，雨量达到 1358 毫米（据县志），渔洋关境内涨了特大洪水，渔洋河上的所有大桥、小桥、木桥、石桥被冲得一干二净，无影无踪。小河桥潭上的桥也没能幸免。桥潭上的桥没了，桥潭的名称却保留了下来。而现在桥潭两岸的人，桥潭人，没有人知道这里曾经有过桥。一直到 1987 年，在当时的渔洋关镇党委书记胡庆武的大力推动下，才重新在桥潭上建起了一座石拱桥，名为小河大桥，改写了小河上近百年没有固定的桥的历史。

桥潭北岸沙滩口，有一块平地，其中有二三十亩水田。新中国成立前的几十年，我们家同沙滩口有着十分密切的关系，我的爷爷曾在这里住过很多年，祖辈传给他一份家业，一份田产，他把田出租收租，坐享其成，家境殷实，算是小富之家。因桥潭上的桥没有了，这里又是交通要道，南来北往的人很多，爷爷又整了一条木船，专门渡人过河，虽说是积德行善，却也有一定的收入。因为家境较好，有些余钱，爷爷小富即安，把钱拿来喝鸦片，喝鸦片是自挖的致穷的无底洞，爷爷把全部家产都投进了这个无底洞。兴业好比针挑土，败家如同浪淘沙，不几年，爷爷家道没落，一贫如洗，房屋、田产、渡船全部变卖殆尽，没有立足之地了，被迫搬到离桥潭一里多路的鱼母洞对岸樱桃山下小河边往下了。那时我爷爷穷得叮当响，家无隔夜粮，身无换洗衣，在生死线上挣扎着。一声春雷响，天晴见太阳，新中国成立了，我爷爷也获得了解放，得到了新生，土地改革划成分，爷爷被划为贫农了，在樱桃山上分得了土地。有了地，就有了希望，一家人勤扒苦挣，家境又一天天好起来。小河里，潭变滩，滩变潭，沧桑巨变；人世间，穷变富、富变穷，世事难料啊！我们家的新生，渐至兴盛，有些人却心存邪念，“文化大革命”中，有造反派们搜集、整理、写作了一大本材料，揭发、检举我们家，找到渔洋关区革委会负责人，要求揪出漏网阶级敌人，重划我们家为“破产地主”。区革委会负责人瞄了一眼材料，扔在办公桌上，说：“这是哪朝哪代哪年哪月的事呀！麂子过了岭，獐子过了山，你们还要去追、去赶哪，有意思吗？当事人过世十多年了，还算这些老账，找谁算去呀？有意义吗？”造反派们哑口无言，扫兴而归。爷爷后辈们感慨道：“爷爷做了一件天大的好事，我们王家少划了好几个地主分子啊！”

小河流水如流如诉，奔腾不息，桥边人家刻苦勤劳，奋斗不止。20 世纪 70 年代末，当时的刘家坪公社组织全公社社员大会战，广大公社社员靠着两个肩膀一双手，在桥潭里引水修水渠，逢山开路，遇水搭桥，两山之间建渡槽，肩挑背驮，一撮箕一撮箕，一背篓一背篓，挖去了一座座山头，填平了一条条沟壑，引水灌良田，奋力夺丰收，那是何等的英雄壮举啊！经过两个冬春的战斗，终于修建出贯穿民生、幸福、三喜、灯塔等四个大队，长达十多里的水渠，人们称之为幸福渠。幸福渠在桥河中筑坝引水，解决了四个大队绝大多数的水田灌溉的水源。须知，那时的小河、渔洋河两岸可都是水田啊！幸福渠修起后，又在水渠中途修建了芭蕉溪水电站，充分利用了水渠的资源，造福了渔洋关人民。

小河两岸，桥潭边人家，总是不断地用自己的双手，用自己的力量，同穷山恶水斗，不断地改变着家乡的面貌。1987 年，在渔洋关镇党委和政府的关心和支持下，他们继续发扬自力更生、艰苦奋斗的精神，经过两年的奋斗，在桥潭上修建了一座过百米长的石拱桥，这是小河上的第一座真正意义上的桥，被命名为小河大桥。那时施工全部人工作业。上山伐木料，扛下河搭桥拱。开山炸石，运下河打石柱、石条。在水里挖基脚，打基础。每一道工序靠的是两个肩膀一双手，战炎热，斗严寒，顶风冒雨，熬更守夜，加班加点，吃尽千辛万苦，一步一步，一天一天，战天斗地，挥洒汗水，直到大桥建成。小河大桥建成解决了两岸人们过河难的问题。不久，又修通了连接马岩墩和樱桃山的公路，解决了两个大队出行难、运输难的问题。小河大桥为在小河上建桥开了先河，现在十里小河上已修建了木桥、石桥、廊桥、水泥桥、索拉桥七座。这些造型各异、风格独特的桥，成了小河上一道道亮丽的风景，让游客慕名而来，流连忘返。

桥潭好比一个时代老人，见证着两岸的人事和时世的变迁，也见证着新时期、新时代的日新月异、兴旺发达。桥潭两岸有一面坡叫杨家塆，杨家塆下有一道滑坡，叫马岸墩滑坡，马岩墩滑坡是一个不规则的纵横长宽近 300 米的大型土质滑坡，面积约 8.4 万平方米，体积约 143.5 万立方米。这片滑坡，一遇到大雨、暴雨，滑坡就继续往下滑，每滑一次，土石涌下公路，涌下小河，少则成百上千方，多则数千上万方，把公路掩埋了，冲毁了，把小河堵塞了，把桥潭淤塞了。每滑一次坡，少则十天半个月，多则数十天半年不能通车，不能行人，几十年如此，当地人真是苦不堪言哪。2019 年终于争取到国家支持投资1500万元治理马岩墩滑坡。2019年8月20日马岩墩滑坡治理工程开工。滑坡治理工程量大，施工难度大，施工单位和施工人员运用削坡（回填）整形、抗滑桩、挡土墙、截（排）水沟、格构护坡、植被护坡等技术手段，经过十一个月的施工、整治，根治了滑坡的种种隐患，保证了车辆的畅通无阻和行人的生命安全。马岩墩滑坡被治理成一道可供游览的景观，引来不少路人驻足参观，交口赞誉。

在马岩墩滑坡治理工程同时开工的还有桥潭本身的治理工程，那是在桥潭水流的出口处修建一座大坝。因这座大坝还在修建之中，姑且叫小河大坝吧！小河大坝开工之日，摧毁了桥潭上的小河大桥。用人工两年才建成的一座石拱桥，用机械不到两个小时就拆毁了！看见大桥垮塌的那一刻，桥边人们心里就像打碎了五味瓶！旧的不去，新的不来，这也许就是潭变滩、滩变潭的自然规律和法则吧！

现在工地上施工只见机械，很少见到人。

2021年6月大坝基础工程完成。

2021年8月大坝合龙。大坝体是在外地用钢铁铸造的部件运到工地组装、焊接而成。整个大坝体长40米，高8米，重达200多吨，真是个庞然大物啊！

大坝建成后，坝体遥控开启，自动控制库容、泄洪、防洪。

大坝水库约长1公里，平均宽60米，水平面面积约60000平方米。

大坝建成，已经不是潭变滩、滩变潭了，而是这一段小河没滩没潭了，变成了一个水面如镜、绿波荡漾的小湖泊了。我可以从大坝处乘坐小游船划到我家门前的长潭上岸回家。

过不了多久，小河大坝沿岸，绿树成荫，花团锦簇，蜂飞蝶舞，鸟语花香。水库中，小船游弋，鱼翔浅底，风平浪静，水绿天蓝。水库岩上，人群如织，车水马龙，欢声笑语，如醉如痴。真是天生一宝地，人造一胜景，天池再现，仙境重建！

小河大坝开工之初，先拆除了桥潭上的石拱桥，桥没了。建坝之后，桥潭没了。大坝建成后，或定名为小河大坝。从此之后，再无桥潭之名，也无桥潭之说了，桥潭成了水下文物了。桥潭的名号在世间彻底消失了，永远不可再重现了，也不会有哪本书上记载、传承。笔者写下这篇小文，只为留存一段历史，留下一段记忆，留下一份茶余饭后的谈资和论题！

（原载2021年9月23日《中国文化报》）

小河十潭之三

鋬磨石潭

这个潭不好写，但又不能不写。不好写，是因为这个潭的名字搞不清楚，不好搞清楚。我走访了周围很多很多人，有八九十岁的耄耋老人，有七十岁上下的古稀老人，还有六十岁左右的花甲老人，竟没有一个知道或者说得清楚的人！有说沾毛湿的，有说毡帽湿的，有说鋬磨石的，有说站摸石的，有说站冒石的，有说詹毛氏的……没有一个说肯定的。但这个潭发生过的事情又太多太多，写小河十潭不写这个潭实在说不过去。

为了说事，就姑且叫鋬磨石潭吧！

鋬磨石潭距南岸小河街道百米左右，其下游离新县城黄龙寨小区百米远近。过去一讲到鋬磨石，人们就会心里发怵，骤然变色！说这里出鬼，闹鬼。每每夜里有鬼出没，不是死鬼子哭哭啼啼，就是死鬼子说说笑笑。据说这个潭里淹死了不少人，有名有姓的可以说出一串人名来，无名无姓的就更多了，所以当地人都把鋬磨石潭叫作死人子潭。单人寡众谁也不敢去这个鋬磨石！当然，这都是传说、传闻，似真似假，亦真亦假，真假难辨，不好当真。不如听我讲我知道的两个真事儿。

先讲肖家幺老的事。肖家幺老六十多岁了，人老体衰，无儿无女，是个孤苦伶仃的村民。平时喜欢独居独处，不喜欢凑热闹，从不说是说非，也不惹是生非，在村民眼里是老好人一个。他不惹是非，可是非偏偏惹上了他。

1966年寒冬时节，寒风凛冽，大雪纷飞，小河耕读学校门前旗杆上的红旗被大风吹得猎猎作响，大风吹，大雪下，红旗被大风撕裂。有人见撕裂了的红旗在旗杆上飘扬，觉得不严肃，有损红旗的庄重，就降下红旗，取下红旗，放在学校大门外的窗台上。过了许久，红旗飘落地下，肖家幺老刚好从学校门前路过，见打湿了的红旗沾上了蛮多灰尘泥土，就顺手带回家洗干净了，在火坑边烤干了，叠好了放在自家木箱子上。不料过了不多天，生产队召开全体社员大会，有人检举肖家幺老毁坏红旗，私藏红旗，是反革命行为，义正词严声讨批判，要求严厉制裁！肖家幺老百口难辩，含冤回家，感到人生绝望，没有活路，便摸黑跌跌撞撞走向錾磨石潭，跳入錾磨石潭！

再讲向家大老的事。向家大老，世世代代本地住，祖祖辈辈种田人。他是种田的能手、行家，什么农活都拿得起，放得下，做得好。那时候搞集体，錾磨石潭南岸边四十多亩水田，他一个人要耕一多半。他人老实巴交，磨子难得压出一句话出来，只会种田打土堡，绝不多说半句话。

人缘极好，口碑极好，有谁想到这样一个人也会出事呢？1969年初，清理阶级队伍时却巴火烧身了！一个晚上，生产队又召开全体社员大会，传达布置清理阶级队伍的工作。上面来的工作同志作报告，说要大抓阶级斗争，大抓清理阶级队伍，把我们的队伍搞得纯之又纯。我们要把眼睛睁得大大的，耳朵张得大大的，寻找出身边的阶级敌人。我们就是要草里找蛇打，找到了蛇就打，就打它的七寸。工作同志说，我们身边有阶级敌人，有阶级异己分子，我们这个生产队里就有在国民党时期的伪政分子，他装着老实，欺骗我们，时刻都想着变天搞复辟！我们要把他抓出来！社员同志们，行动起来，把他揪出来，批倒斗臭，让他永世不得翻身！临近散会时，这个工作同志点了向家大老的名，责令他交代问题。其实全生产队的人都知道他新中国成立前当过几天保队副，是一个没赴任上班的拉郎配，没抓过兵，没抓过伕，压根儿就没干过一件他那个身份需要干的事！可披了那张皮就怎么也脱不掉了！散了会的社员们都叹气说：真是在草里找蛇打呀，可他不是蛇呀！人们散会回家了，他半夜后才离开会场。第二天，人们在鳘磨石潭里看见身体已经僵硬的向家大老！

人间悲剧，人为制造！人们不愿再朝鳘磨石潭多望一眼，那里成了小河两岸人们的禁地禁区！

斗转星移，时过境迁，五十年过去了，苍天有眼，山河巨变，旧貌换新颜，风和日丽春满园，豆萁萁再也不相煎！五十年来，人造的悲剧再也没有在鳘磨石潭重演，再也不会在鳘磨石潭重演！如今的鳘磨石潭建筑了一条堤坝，以坝当路，天堑变通途。岸边沿河柏油马路车水马龙，日夜奔驰不停。河边人行步道上，人来人往，欢歌笑语不断。晚上路灯绽放，鳘磨石上空如同白昼，光明璀璨。更可喜可贺的是，鳘磨石边占地一万七千平方米，集休闲、娱乐、游玩、购物于一体的西兰卡普活动广场已经动工修建，汽车、挖机、推土机、搅拌机奏响了欢乐的交响乐章！工程指日可以完成。到时候，成千上万的人来来往往，鳘磨石潭边会成为人们流连忘返的绿地园林和休闲乐园！

鳘磨石潭的明天一定会更美好！

（原载《生态文化》杂志 2021 年第 2 期）

小河十潭之四

棺材石

小河上游有一个潭，却有两个名字，一个叫官财室，一个叫棺材石，同音不同字，意思大不同。官财室有传说，棺材石有故事。这个潭坐落在樱桃山悬崖峭壁下。淹没在潭里的悬崖峭壁上有无数道缝隙，还有多个洞穴。有人砍来一根当地长得最高的竹竿，伸进缝隙和洞穴中，都没有探到底。这些缝隙和洞穴是鱼儿们的快乐老家。

这潭里悬崖峭壁下有大洞，深不可测，老辈人传下话说：这些大洞一直延伸到樱桃山腹地，山上还有隐秘的洞口可以出入，那里面藏着很多很多宝物。据说是很早很早以前，一个朝代发生内乱，争权夺位，成者王侯败者贼，一位失势的王爷为躲避灭门之祸，携带着家人和大量的金银珠宝，潜入其洞留下的，价值连城。王爷来这里之前，棺材石潭的悬崖上有一如当地住户房屋大门大小的洞口，有石径小道通往洞内。王爷进洞之后，山体突然下沉，水位上升，洞口就淹没在潭水之中了。因为王爷是皇家的人，官府的人，所以人们把王爷藏宝的洞穴叫官财室。还据说，过了很久很久以后，当朝大赦，王爷回京，未几便归天了，遗存在此的金银珠宝没来得及运回去。又过了多年后，来了两个探险寻宝的外地人，自称是那位王爷的后代，来找回祖上的宝藏。可他们下了潭，进了洞，就再也没有出来，据说他们进洞的第三天，人们听到洞里轰轰隆隆的坍塌声响了三天三夜。大家都跑来看稀奇，闻到从悬崖的缝隙中弥漫出来的腐臭气延续了个把月。人们说那是上天怕有人盗宝，把山体弄塌，封闭了所有洞口，毁了这个官财室。是不是真有王爷落难逃亡到此？是不是真的有宝藏于此？我们不得而知。也许真的就是一个传说而已！所以人们大多还是把这个潭叫棺材石。因为进到潭的入水口，专门放木排的河道中间有一个巨石横在那里，外形跟棺材一模一样的黑色岩石，活脱脱一副刷了山漆的棺材！放排的人见了就胆战心惊，把它视为鬼门关，下潭如进阎王殿！木排经过这里，十有八九会撞到棺材石上。放排工人没有撑排的高超技术和超强胆量，一接近这个棺材石就害怕，就惊慌，就乱了方寸，手中的篙竿撑的不是时候，落的不是地方，不能用力把木排撑转向，那木排就必然撞上棺材石。

大概在20世纪60年代，有一天，一个放排的工人撑着木排前行，一个在水运队参加劳动的县林业局干部，觉得在木排上好玩，有趣，蛮刺激，要到木排上体验体验。那个工人说很危险，硬是不答应。可那个干部好歹说不怕，不听劝阻径直上到木排上。那个工人无可奈何，只好撑着木排，小心翼翼往下开，接近棺材石时，流水的落差和惯性太大了，说时迟，那时快，那个工人一声“拐哒”还没说出口，木排就撞到了棺材石上，一下就散架了，那个干部也一下落入水中，冲到潭里，他又不会泅水，呛了好几口水，那个工人拼力把他拽上岸。那个干部怒不可遏，暴跳如雷，声色俱厉地吼道：“这个要人命的棺材石，为什么没早早炸掉它？差点要了老子的命！快！快！赶快给老子把棺材石炸了！”工人不敢怠慢，连忙去水运连队队部去拿了一大砣糍粑炸药，潜入水底，把炸药巴在棺材石底部，点燃导火索，跑上岸躲进一个岩洞里，轰的一声巨响，棺材石被炸成了八大块，经过几次洪水的冲刷之后，棺材石便无影无踪了。从此以后，木排在这里安全进潭，畅通无阻了。

官财室的传说似真似假，棺材石的故事实实在在。棺材石被炸掉了，没影了，棺材石潭的名字却保留了下来。为了顺口好记，棺材石潭就叫作棺材石。

棺材石潭里真的出宝贝，出真宝贝，出活宝贝，那就是甲鱼、大鲵，当地叫团鱼、娃娃鱼。大鲵的叫声像小娃娃，所以就叫娃娃鱼了。棺材石潭里出娃娃鱼，出大娃娃鱼，十几斤重的多的是，大的有几十斤重的，不但大，还极多。听曾经在棺材石潭边住过的三舅说，有一年河里涨大水，棺材石潭里几十条娃娃鱼追波赶浪，横冲直撞，悠然自在，追逐嬉戏，人们吆喝、呼叫，娃娃鱼们毫不理会，像是向人们示威、挑战一般。他还告诉我，石柱山有一姓张的老头，背了一背篓石灰到棺材石潭洗娃娃鱼，用棕衣包着石灰，绑在竹竿子上，伸洞里洗。娃娃鱼怕石灰，被石灰水一呛，它就出洞了，漂浮在水面上，人们就可以用渔网把它网住。张老头那一次就洗出了三条大娃娃鱼，一共有三四十斤，背到街上去卖，挣了一大把票子。可这个宝库后来被人毁灭了，一些心狠手毒的人，专门用毒药闹鱼，先是在山上挖黄姜，或是在药铺里买巴豆，磨烂成浆，发酵后倒进河里闹。以后在店铺里买回专门闹鱼的鱼藤精和能毒鱼的农药倒在河里闹，所有鱼在劫难逃，再深的潭，再深的洞都闹得到。棺材石潭里的团鱼、娃娃鱼也就断种绝代了，彻底消亡了。

棺材石潭里的团鱼、娃娃鱼被人消灭了，但棺材石潭还在为人类做贡献，由于流入棺材石潭的河水直接冲向潭的峭壁，水流撞到石壁后就转个急弯，产生旋流，形成了一个回水套，遇到涨大水，潭的出口就会聚积大量的河沙，有时半个潭里都是沙，成了修建黄龙洞水电站取之不尽、用之不竭的沙场子。无论是黄龙洞的拦河大坝，还是蓄水发电的前池，或是发电站的基础工程，或是厂房所用的沙料，大多在棺材石采集。黄龙洞水电站竣工之后，附近农村、城镇建设也都到棺材石来采沙，一时间车来车往，热闹非凡，这里的河沙成了抢手货。当地有一个考取大学的学生，因为家里穷，为了赚钱，一个暑假在这里挖沙、刨沙、淘沙、背沙挣到了上学的学费。

棺材石潭为修建黄龙洞水电站做出了巨大贡献，也得到了满满的回报，每当夜幕降临，黄龙洞电站就在棺材石潭上空撒满了夜明珠！

（原载《生态文化》杂志 2021 年第 2 期）

小河十潭之五

岩板道场

从黄龙洞水电站外的公路上出发，往小河沿河公路上游走，约一里左右的公路外有一特大石板，平平展展，方方正正，如农家稻场一般大小，一级台阶将特大岩板一分为二分成上下两部分。当地人把这大石板叫作岩板道场。岩板道场的一个潭，就叫作岩板道场潭，简称岩板道场。从岩板道场上下到潭里，大约有两三个人合起来的高度。潭面积不小，但水不深，最深处也只淹得到大人的头顶。夏天天气热，过往路人都喜欢到这个潭里洗冷水澡。在水里泡一会，蛮舒服的，然后上岸到岩板道场上，躺下打个盹，眯眯觉。岩板道场上有山峰挡阳光，有树木遮阴凉，还有河风吹，那才叫爽啊。还有的人喜欢坐在这里日白讲经，天上地下吹个够。还有的人亮开嗓子喊几声山歌，哼哼几段小调小曲，快乐似神仙。甚至还有人在这里盘腿一坐，过过牌瘾，打打扑克，打打花牌，玩个三两转，输了的跑，赢了的追，嘻嘻哈哈，说说笑笑，开心快活，无所顾忌，消了疲劳，提起了精神，别有一番情趣。岩板道场也是我常去的地方，我年少时喜欢在河里抓鱼，经常约小伙伴来岩板道场潭里抓鱼。

我喜欢去岩板道场玩，还有一个重要原因，就是距岩板道场不远处有一个擀鞭子的擀匠师傅住在这里。他姓马，腿脚不方便，不少人叫他马瘸子，但我一直喊他马叔叔。马叔叔为人真好，待人亲切和气，对人热心真诚。我们要走了，他就把鞭子、爆竹把给我们去放。我们喜欢，他也高兴，他屋里经常发出咯咯咯哈哈哈的欢笑声。我同小伙伴有时去河边给他捡些枯柴回来，他更是高兴得不得了，就会给我们把更多鞭子、爆竹。记得有一次，他一下子给了我们一柄爆竹，有五六十个，叫我们拿到岩板道场去放。他还说，把爆竹点燃了，可以扔到潭里，炸起水花花，飞溅起的水花花中还可以看到小彩虹呢。蛮好看，也蛮好玩的。运气好，还可以炸到鱼呢！我们拿起爆竹就高高兴兴去了岩板道场，点燃了爆竹往潭里扔，但十有六七个没响。往潭里扔爆竹，不掌握好火候和力度，是不可能在水中炸响的。要恰到好处，入水即炸，要不然没落水就炸了，或者落入水中，爆竹的导火线被打湿了，就不会炸了。我们一柄爆竹大概只响了一二十个，但却真的炸着了鱼，鱼漂到了水面上，我们就去潭里一个一个捞上来，有一二十条，全都是刁子鱼，差不多有斤把重。我们把鱼送给马叔叔，他好高兴啊，笑着说："这么多鱼，我又得好好喝一顿酒了啊！"我们回家时，他又给了我们一些鞭子、爆竹，他真是舍得，真大方，我们都很喜欢他。但不久他却搬到石柱山上面去了。据说在石柱山结了婚，当上门女婿了。从此再也就没有见到他了，心里蛮想念他的。他搬走以后，我再也不去岩板道场了，看不到马叔叔，心里蛮难受的。他走了，岩板道场周围几里路都没有人居住了，成了荒凉之地，寂静之地。

谁也没有料到，岩板道场沉寂二十多年以后，又轰轰烈烈了一阵子，小河两岸开发硅矿，兴办起许多硅矿矿山场子。岩板道场附近就有三个场子。而且岩板道场山上就有一个规模比较大的场子。场子一开工，岩板道场附近就热闹起来，铁锤声声，炮声隆隆，此起彼伏，回荡在小河两岸、山上山下。一座座山头被一层层炸开、炸垮，矿工们把炸开的矿石掀下山，掀下河，然后用大锤、小锤一锤一锤地捶成比拳头还要小得多的小矿石，然后用拖拉机、农用车一车一车地运到硅厂去冶炼。岩板道场一带人来人往，车来车往，人们的吆喝声，大锤小锤的叮当声，大车小车的喇叭声，组成一曲曲高昂的交响乐。岩板道场山上的爆炸声更猛烈，山摇地动，飞沙走石，房屋般大小的石头滚落下山，埋没了岩板道场，填满了岩板道场下的潭。岩板道场没有了，岩板道场下的潭没有了，果然应了当地那句民谣：十年滩变潭，十年潭变滩，岩板道场下的潭真的变成了滩。不过这种变化不是大自然的自变，而是人为的改变！

没过几年，因对自然生态环境的破坏太大，当地政府果断下令关停了小河两岸所有的硅矿矿山的开采场子。又过了上十年，小河两岸硅矿矿山的植被又恢复了。山又青了，水又绿了，岩板道场上的石头、矿渣、沙土被清除，周围沿转的草木也渐渐茂盛起来。

我非常钦佩这些矿山的自身康复和再生能力！本来已是伤痕累累，体无完肤，肚开肠破，满目疮痍了，可只十多年的时光，矿山上全都长出了草木、藤蔓，满山苍翠了，有的树木都长一人多高了。春暖花开，山青水绿，蜂飞蝶舞，雀鸣鸟啭，小河两岸，马岩墩、樱桃山上遍地郁郁葱葱，层林尽染，争奇斗艳，生机盎然。我站在岩板道场上，看见绿水里鱼儿游，看见青山上花儿艳，看见蓝天中白云儿飘，我就想：我要是会吟诗作对就好了啊！我多么想写一首赞美诗啊！

（原载 2020 年 11 月 13 日《文化艺术报》）

小河十潭之六

回龙潭

小河向东流，流入两河口，同汉阳河汇合，流入渔洋河。在距两河口约一里的地方，接近南岸边，有一个潭叫回龙潭，方圆十数丈，最深处有两米。潭的两岸有水田、旱田上百亩，是五峰山区比较集中栽种水稻的地方，算是山里的米粮川吧。在回龙套南岸边有一个叫观音套的河湾，柳树成林，遮天蔽日，可以防护洪水对良田的侵害。紧挨观音套有一突兀而起的山梁，把三房坪和艾家坪拦腰截断，成一道风景，人们呼之为庙岭。回龙潭、观音套、庙岭，这些地名，让人有种敬畏感、神秘感，不由生出许多联想。不错，这些地名关联着一个神秘魅人的传说。

在小河的最上游，距回龙潭约十里处，有一石壁。石壁陡峭，高千丈，长数里，常有山鹰盘旋，野山羊出没。石壁常年云遮雾绕，让人望而生畏，望而却步。石壁之中有一洞，洞口方圆十数丈，名叫黄龙洞，洞口瀑布飞流直下，水声轰隆如雷鸣，十里开外可闻其声。更奇特的是，晴天朗朗、无云无雨之时，水位却上涨，洞里竟流出浓如泥浆的洪水，且有腥味，当地人说，那是黄龙在洞中洗澡闹的。据传说，那条黄龙有黄缸粗细，十数丈长短，生性凶暴残忍，常常窜出洞外吞食人畜。吃饱之后，便兴风作浪，毁山毁林，毁田毁房，搞得当地人不能安生，苦不堪言。人们恨之入骨，暗里祈求上天派出神仙来此制服黄龙，为民除害，让人们过上安稳日子。

一天，一个仙风道骨的道士，带一徒弟云游到此，听闻当地群众诉说黄龙为害的事后，决心进洞降龙，造福人民。进洞之前，他叮嘱徒弟守在洞前，并对徒弟强调说：不论我进洞里多久，也不论是白天还是黑夜，你都要守在洞口外，万万不可离开半步。我给你一块令牌，你要牢牢拿在手里，紧紧盯住洞口。当你看见这双施过咒语的草鞋在洞口打架，就预示我要骑龙出洞了。你看到我骑着黄龙一出洞，就把令牌递给我，我拿着了令牌，黄龙就会服服帖帖听我的法令。说完，那道士就腾云驾雾飞进洞里去。

徒弟听了师父的话，就守在洞门口，吃在洞门口，睡在洞门口，一点儿也不敢马虎，全神贯注地望着洞口，在洞口外守了六天六夜，还不见一点儿动静，着急得火烧火燎一样，心里就想，师父只怕遇到不测了，葬身龙腹了！他悲痛欲绝，捶胸顿足，呼天喊地，痛哭不止。因师父有言在先，不许擅离洞口半步！他只好一把鼻涕一把泪地哭叫着师父，继续坚守在洞口。他又饿又累，困倦极了，瞌睡来了如山倒，实在支撑不住了，他就把令牌搁在了身边的岩包上，呼噜呼噜睡着了。

第七天早上，突然间，洪水涌出洞口，声如雷轰，山摇地动，把徒弟惊醒了，他抬头一看，黄龙洞口那双草鞋正在打架。转眼之间，黄龙出洞了。只见黄龙身上骑着一个浑身长满了黄毛的人，眼如闪电，声如雷吼，双手揪住龙角，双腿夹住龙身，黄龙暴怒地上腾下窜，左翻右滚，要甩掉骑在身上的道士。道士高喊徒弟递令牌，徒弟惊呆了，慌慌张张伸手去拿令牌，反而把令牌撞到岩下洪水中去了。这令牌是制服黄龙的法宝，道士没有了这个法宝，就失去了法力，被黄龙驮着飞速出洞，呼啸出山。黄龙呼风唤雨，兴风作浪，指挥虾兵蟹将，掀起山洪恶浪，小河顿时变成了汪洋泽国。黄龙驮着道士，随洪水波涛，呼啸而下，眼看就要冲出小河，冲进渔洋河，忽然听到一声断喝："孽障意欲何为！"黄龙抬眼一看，见是观音菩萨，踏云驾雾在前面，一下惊慌失措傻了眼，一动也不敢动了，连连哀声求饶："菩萨饶命！菩萨饶命！"观音菩萨怒叱道："还不放下道士，退回洞府！"黄龙慌忙放下道士，跪拜求饶。观音菩萨继续训斥道："孽龙听着，着令你带着你的徒子徒孙，收回洪水，即刻回归洞府，在洞内修行善功，永不出洞！再不许兴风作浪，为害人民！若有违抗再犯，定取你性命！"

黄龙连连叩头，转身回到洞里去了。观音菩萨打发黄龙归洞后，人们从四面八方跑过来围住观音菩萨谢恩。观音菩萨指着河中间的一个潭说："你们应该感谢那个道士！是那个道士有心降黄龙，为民除害的举动感动了上天，上天才派我来降服黄龙的。道士已为你们献出了性命，你们把他好好安葬吧！"观音菩萨说罢，就驾起祥云飞天而去。

观音菩萨回天之后，当地人们一起走近道士遗体旁，全都默默地向他鞠躬致哀，把他的遗体从他落水的那个潭里捞起来，把他隆重安葬。在安葬他的地方修建了一座小庙，时时祭祀，香火极旺。后来，当地人们就把道士落水献身的那个潭叫作回龙潭。意思就是说黄龙在此被观音菩萨惩罚回黄龙洞去了，观音菩萨现身的那个河湾叫作观音套，安葬道士的小山梁修建了小庙的地方叫作庙岭。黄龙回到洞府，皈依修善行，护佑一方土地，保人民安居乐业。那黄龙居住的地方就叫作黄龙洞，黄龙洞的故事远传天下，四海皆知。直到现在，人们走近回龙潭、观音套、庙岭，就会想起那个舍生取义、为民献身的无名道士和返洞修炼行善的黄龙。

如今的回龙潭，今非昔比，发生了翻天覆地的变化。在回龙潭的两岸已矗立起一座现代化的新县城。五峰土家族自治县人民政府就建立在庙岭之上。公仆们走上庙岭，俯仰天地，脚踏实地，厉兵秣马，身先士卒，废寝忘食，殚精竭虑，为实现五峰各族人民对美好生活的向往和追求，群策群力，奋力攻坚，终于脱贫迈入小康。观音套里，庙岭上下，兴建了县图书馆、县文化馆、县体育场、县广电大楼。崭新高楼房舍，高新设施设备，为五峰各族人民提供了多功能文化活动场所。回龙潭北岸，修建起了五峰国际大酒店，环境优雅舒适，与新城行政区隔河相望，是海内外客人观光游览五峰胜景的最佳食宿休闲之地。国际大酒店的背后就是名扬遐迩的青岗岭万亩观光茶园，那里茶香飘天下，四季游客如织，络绎不绝，让五峰茶誉满全国，走向世界。

回龙潭的流水千年如歌，回龙潭的故事万代流传。你不去看看这仙境般的青山绿水美景？不去听听美丽动人的神话传说？

五峰茶山等你来！

五峰人民欢迎你！

（原载 2020 年 5 月 8 日《教文湖北》）

小河十潭之七

鱼 母 洞

鱼母洞是一个大潭。

鱼母洞坐落在黄龙洞水电站外小河南岸，大潭岸边矗立着农家两间两层楼房大小的巨石，只是没有楼房那般笔直方正，像个小山包。巨石外有一条从上至下的缝隙，可以进得去人，现在把这叫鱼母洞。其实，早先有三座如此大的巨石靠小河南岸几近并排而立，巨石下有特大洞穴，无人知其深浅大小，这才是真正的鱼母洞。后来修建黄龙洞电站用水泥沙浆浇筑，在其上修建起了水电站。发过电的水注入鱼母洞潭里，涛声轰鸣，水花飞溅，泄流入潭，甚为壮观。现在仅存的巨石矗立在水电站泄流处，三面环水，背面连接公路，公路上便是黄龙洞水电站，巨石上面有树木有花草，酷似小山头。常有人攀缘到上面游玩、垂钓。

很久很久以前，鱼母洞住着鱼母娘娘，她掌管着小河鱼族的繁殖、生长，保护着鱼族不受外族的欺凌和伤害，当然也欢迎、接纳江河里的各种鱼类，比如其下游的渔洋河、清江的同胞来小河、鱼母洞安家落户，繁衍子孙，俨然同族大家庭一般。所以，小河里的鱼族特别兴旺发达，繁荣兴盛。故鱼母洞、鱼母娘娘声名远播。

鱼母洞，顾名思义，是鱼的母亲洞，是鱼母娘娘的行宫。鱼母洞出鱼，鱼多且大且肥，味极美。小河的鱼都是在鱼母洞出生长大而分群分居出去的。早前小河上下都是鱼，有谁需要吃鱼了，比如来客了，就到河里抓几条回来，跟在自家菜园子里摘菜一般方便。

很久很久以后，这种和平、宁静的环境被破坏了，不知是什么年代，从哪个地方来了一个老蛇怪，在鱼母洞对面樱桃山一条溪沟里住下不走了，占山为王，居水称霸，改无名山沟为老蛇沟，自命为老蛇神，就在老蛇沟繁育后代，为害一方。不久，它就向鱼母洞开战了。它率领蛇妖蛇怪，倾巢出动，日夜在鱼母洞、小河中捕食鱼族。鱼母娘娘斗不过老蛇怪，鱼族同胞敌不过蛇妖蛇怪，鱼母洞、小河里惨云悲雾，浊波黑浪，腥风血雨，鱼死虾亡，绿水不再，青山失色，眼见要灭族了。鱼母娘娘急忙焚香传信，向观音娘娘呼救。

观音娘娘闻讯，腾云驾雾飞达鱼母洞，一眼便见鱼母娘娘正与老蛇怪死战，眼看就要招架不住了，观音娘娘大喝一声“住手”，鱼母娘娘、老蛇怪见是观音娘娘，齐齐地跪倒在观音娘娘面前。观音娘娘怒斥老蛇怪：“你如此作恶，残害生灵，该当何罪？”老蛇怪磕着响头求饶：“娘娘饶命，娘娘饶命！”观音娘娘厉声道：“老蛇怪，你罪孽深重，罚你千年苦修行，脱胎换骨走正道。你带领你的徒子徒孙随我去，我把你送到一个无人岛上去修炼吧！”回头对鱼母娘娘说：“你赶紧集合小河里的鱼族残部，重兴小河、鱼母洞水族吧！”说罢，押解着老蛇怪一行飞上天往西而去。老蛇怪走了，从此没有人说起，但老蛇沟的地名却保留下来，留下了传奇故事的话题。

没有老蛇怪为害，鱼母洞水族重见天日，重建家园，重兴鱼族，重振雄风。几年恢复、重建，又兴盛发达起来。又过了好多年好多年，鱼母娘娘因振兴鱼母洞、小河鱼族有功，被提拔为天庭正神去天河府赴任了。鱼母洞鱼族自治兴族，千年不衰，鱼母洞成为胜景，到鱼母洞观鱼赏景者络绎不绝。

时光流逝，兴衰更替，鱼母洞见证了小河鱼族的兴衰存亡，又经历了人鱼相争相斗的世态炎凉，让人唏嘘，让人感叹。

20世纪60年代，小河下游渔洋河，一座座拦河大坝拔地而起，横跨两岸，大坝没设鱼行之路，彻底斩断了清江鱼上行到小河、鱼母洞联姻、通婚、交配、繁殖和组建鱼族大家庭的通道，原从清江、渔洋河到小河，到鱼母洞的大白甲，从此再无可能来往，亲密交流了。又因白甲是每逢春末夏初上行进入小河，进入鱼母洞的，秋天就下行回清江，甚至到长江，大坝建立，滞留在小河、鱼母洞的白甲及其后代子孙，不适宜高山严寒地区过冬，就逐渐消亡了。

70年代以来，小河中的鱼，鱼母洞里的鱼又面临了新的危机，厄运接踵而来。

七八十年代，小河两岸九座硅矿矿山先后投入开采，矿山上，铁锤飞舞，号子震天，炮声隆隆，地动山摇，炸裂开的如房屋般大小的石头从山顶滚落到河里，小石块、碎矿石如仙女散花一般地抛落河中，一面面山坡百孔千疮，寸草不存，成了和尚头，光肚皮。小河沿岸过路行人提心吊胆，大鱼小鱼，遭遇灭顶之灾，魂飞魄散。河道填满了，洞穴埋住了，鱼群东躲西藏，无安身之处了。不知多少鱼群被砸死，不知多少鱼群被活埋。

人的欲望膨胀，为所欲为，捕鱼不择手段，传统渔具，现代武器全都用上，更让鱼族面临灭顶之灾，亡族之祸！

撒网、隔网、鱼笼子，大潭、小潭、长滩、短滩，流水里、静水中，横连竖接，星罗棋布，一张又一张，一层又一层，犹如天罗地网一般，插翅难飞，无路可逃，鱼族被一网网尽收、收尽。

炸弹，土炸弹、洋炸弹，大炸弹、小炸弹，各式各样的炸弹，见潭就扔，见鱼就炸，炸弹一响，一潭的鱼瞬间死亡，身无全尸，体无完肤，无一幸存，无一生还。

电捕鱼器，通了电的探头触及哪里，哪里的鱼顿时毙命，挣扎一下的时间都没有。

高压电打鱼，把高压线接上放在河里，电闸一按，一大段水域的鱼都一个不漏地触电而亡，漂浮水面，惨不忍睹。

最歹毒的莫过于用毒药闹鱼（当地称毒鱼为闹鱼），有人把毒药投放到河里，相当长的一段河流中的鱼全都死路一条。毒死了没有拣完的鱼烂在河里，十天半月死鱼腐烂，河水恶臭冲天，人畜不能饮，小河成死河。

小河在劫难逃，鱼母洞在劫难逃，河水变成死水。潭里、滩上看不到鱼儿游。闹鱼过后，河里没有鱼活动了，不几天，河流就沉积了厚厚的泥浆。人在做，天在看，涂炭生灵者，必然遭天谴！在距鱼母洞下游约百米处，一偷接高压电打鱼者，触电暴亡，鱼没打着，白白丢了性命！在距鱼母洞上游约一里处，有人用自制的黑色炸药制成土炸弹，点燃引信的土炸弹没来得及扔出去，在手中爆炸，不幸炸断了手！还有人赶闹，抢鱼时失足落水，溺水而亡！活生生惨烈的事故屡屡发生，教训不可谓不深刻，不惨痛，为什么还会继续不断地发生呢？

为什么不管？为什么没人管？管不住，管不了！当地有关部门的有关领导曾出面管过，抓住了教育、批评、罚款，可被抓住的人眼睛一瞪，高声大嗓，大言不惭：“河是地设的河，鱼是天生的鱼，不是哪个单位哪个个人的，想吃鱼，河里抓，天经地义，合情合理，我犯了哪条王法？”没有王法，理不正，气不壮，管不了！

《中华人民共和国渔业法》应时而生了！

没有王法有了国法，以身试法必遭重罚！县政府及有关部门把渔业法用各种形式宣传至家喻户晓，让渔业法深入人心。敢违法，就重罚，雷厉风行。抓获到非法捕鱼者，所捕鱼无代价没收，按所捕鱼的种类、数量和价值核算，数倍、数十倍直至上百倍地罚其买鱼苗放到小河里。张网捕鱼，网具一律没收、销毁，绝不姑息，以免留下后患。炸鱼的也不敢了，炸弹一响，惊动四面八方，扔炸弹的人就成了瓮中之鳖，成了众矢之的！闹鱼的人再也不敢了，那可是要倾家荡产、蹲大狱的，谁愿意自投罗网往枪口上撞呢！当地政府还当机立断，关停了小河两岸所有的硅矿矿山！法律威严在，谁还敢触犯！

不久，全国实行了河长制，小河任命了河长。

河长逢人就讲渔业法。

河长时时巡查小河。

河长把小河的大事小事都放在心里了。

河长决心让小河的鱼再多起来。

小河两岸的人都自觉自愿地当上了护河员、监督员，保护水安全，保护鱼安全，监管违法者。更有好渔者金盆洗手，改邪归正，上十年不下河，连钓鱼竿都让退休了，刀枪入库了，当起了护河志愿者。

违禁捕鱼的终于没有了，销声匿迹了。

一批又一批的鱼苗被放入小河里了，放到鱼母洞里。

一天又一天，一月又一月，一年又一年。小河变了，鱼母洞变了，水绿了，鱼多了，鱼大了。

一天，我在小河岸边漫步，在鱼母洞旁驻足。看见一群一群的鱼儿在水里遨游，嬉戏，活蹦乱跳，水花荡漾，银光闪闪，自由自在，游去游来。我看到了小河的生机和希望，看到了鱼母洞的生机和希望！小河复活了，小河复兴了，鱼母洞复活了，鱼母洞复兴了，水更绿了，倒映在水里的山更青了。

当晚，我做了一个梦，梦见鱼母娘娘回小河、回鱼母洞了。我第二天清早起来，出门就遇见了河长。他又在巡查小河，巡查鱼母洞。我突然想：河长是不是鱼母娘娘转世啊！

绿水长流，青山常青，小河有幸！鱼母洞有幸！有幸遇到了好时代！

（原载《生态文化》杂志 2021 年第 2 期）

小河十潭之八

鸡 公 潭

在小河流域的中游有个鸡公潭。

鸡公潭有一个很动人的神话传说。

鸡公潭的南岸山顶上有很大很开阔的一片平地，叫天堰坪。天堰坪周围住着几十户人家。这几十户人家就种着天堰坪的田，守着天堰坪过日子。天堰坪的田全是水田，山泉灌溉。地肥，旱涝保收，人勤，丰衣足食。就这么日复一日，年复一年，人们的日子过得平静、安逸、自在、快乐。

谁也说不清是何年何月何时，一只神鸡的到来，击破了这地方的平静，打扰了人们安定的生活。这只神鸡不知怎么看中了小河北边的樱桃山。神鸡来时，满山樱桃红了，熟透了，那又红又甜的樱桃成了神鸡的美味佳肴。樱桃吃过了，就又吃别的山果，樱桃山上的山果特别多，够它吃的。它吃饱了就睡，睡醒了就唱歌，就跳舞。这歌声惊动了小河南边山上天堰坪的人们。人们好奇地听神鸡唱歌，看神鸡跳舞，发出喝彩声，叫好声。后来，这一阵阵、一声声惊叫、欢呼声惊动了神鸡，神鸡伸长脖子一看，就看见了天堰坪那一片金灿灿的稻谷，就动了歪心思，打起了歪主意，它歌唱得更响，舞跳得更快了，它暗自高兴、庆幸，从此以后，再不愁粮食吃了，它自言自语道：“这天堰坪就是我的粮仓了，天堰坪的稻谷就是我的口中食了！”

稻谷成熟季节的一天清晨，天堰坪的人们打开各自的大门一看就惊呆了，那只神鸡正在天堰坪田里吞食那金灿灿的、香喷喷的稻谷。神鸡不同一般的鸡呀，它能一下子吞食成百上千斤的稻子。不一会儿工夫，就吞食了几大块水田里的稻子。吃饱了，就又唱歌、又跳舞，这歌声让人们心惊肉跳，这舞姿让人们胆战心惊，一个个坐在自家门前，唉声叹气起来。

一连几天，天天早上神鸡就一翅飞到天堰坪，就在稻田里暴食暴饮，神鸡到过的地方，就只剩下东倒西歪的稻草了，神鸡饱食过后，就到山下小河南岸边一个深潭里去洗澡，洗完澡后就飞到樱桃山上睡大觉，如此来了去，去了又来，天堰坪的人们急了、慌了，怎么办呢？用铳打打不着它，用火烧烧不着它，千人百众集中起来驱赶它，它一动也不动，谁也走近不了它身边，眼看着成片成片的稻子被神鸡吞食、糟蹋，人们悲痛欲绝，呼天喊地：“老天爷呀，救救我们吧！快快把神鸡赶走吧！”

人们的呼救，惊动了当地的土地老爷，土地老爷现身对人们说：“神鸡神通广大，我也奈何不了它！我去向玉皇大帝禀报吧！”

土地老爷飞上天庭，拜倒在玉皇大帝前，哭诉了天堰坪发生的事，玉帝听了龙颜大怒：“什么神鸡！何方妖鸡同凡人争食，太白金星，你去把它灭了！”

太白金星不敢怠慢，一下飞到天堰坪，神鸡不在天堰坪，他一步跨过小河，落在樱桃山，见神鸡正在呼呼地睡大觉，做着美梦，太白金星大喝一声：“何方妖鸡，敢在这里为非作歹！”

神鸡惊醒，见是太白金星，一下子就瘫倒在地，连连点头求饶：“小仙知罪，自愿受罚！”

太白金星怒吼道："还不赶快向天堰坪的老百姓低头赔罪！"

神鸡面向天堰坪，啄尖似的点头赔罪，点了九十九下头，太白金星叱住了它："行了。你罪大恶极，理当消灭，今罚你永远跪着，向天堰坪方向忏悔，保护那里的百姓不再受侵害！"说罢，口里念念有词，那只神鸡就变成了一座石山，神鸡的嘴伸了出去，悬在高山之巅，从山下远远看去，就像是一只大公鸡的嘴。从此以后，当地人们就把这座石山叫作鸡公嘴，把神鸡洗过澡的深潭叫作鸡公潭。

我是听着这个神话传说长大的，而且我这一生一世都忘不了鸡公嘴下的那个鸡公潭，我同鸡公潭结下了不解之缘。

我在鸡公嘴下的小学读过一年级，在这里读书期间，我经常去鸡公潭戏水、游泳。在渔洋关镇读小学五六年级期间，上学去，放学回家，要经过鸡公潭，我也爱去鸡公潭玩耍、摸鱼，这就注定了我会同鸡公潭发生一些故事。

1956年，我已是渔洋关镇完全小学六年级的学生了，小学毕业前夕，我被批准加入中国少年先锋队组织。我们班少先队小队长通知我交三角八分钱，六一儿童节就可以戴上红领巾宣誓，正式成为一名光荣的少先队员了。

加入少先队是我日夜都在盼望的事，听了小队长的通知，我高兴得不得了，那时候加入少先队等于成为优秀学生了哪！但听到要交三角八分钱，我又发愁了，我身上从来就没有过钱，哪里去找三角八分钱呢？想回去找父亲要，一想到家里也是一贫如洗，怎么好向父亲开口呢？我去找一个亲戚借，他怕我没钱还他，推说没有钱，直接拒绝了。

眼看六一快要到了，我没有钱交，心里真着急呀，去哪里弄钱呀？我束手无策，一筹莫展啊。

我的一位同学提醒我说:“去刨铜吧!”他一说我倒想起来。渔洋关过日本军队,日本鬼子一把火把渔洋关镇烧光了,渔洋关沿河两岸的房屋全都烧毁坍塌到渔洋河里,不少财主富户的金、银、铜、玉器坠落在小河里,接着几场大雨,河里涨了水,那些财物就埋入岩石、泥沙之中。新中国成立后不少人在河里刨到过金,刨到过银,刨到过铜和玉石饰品,刨了这么多年,也实在剩得不多了,但还是有人去刨,还是有所收获。

我决定去碰碰运气。一个星期日,我同那位同学去刨铜了。到中午,连一个铜钱都没有刨到,我们都泄气了,那个同学先回学校去了。为了交红领巾的钱,我不甘心就这么空手而归呀,我坚持继续寻找,我找呀找,无意间发现一个岩墩上的洞里有一个东西像铜,我跑过去刨了出来,仔细一看,有绿色的锈,拿在手中很沉,我在岩石上磨了磨,金黄锃亮,是铜没错。我回校找到那位同学,把那东西给他看,他一看说:“真的是铜。”我就和他商量一道去一个人少的地方把那东西拆开看看。他说:“行!”我问他:“哪里好呢?”同学说:“你定吧。”我想了想,就想到了鸡公潭。我说:“去鸡公潭吧,那里河两岸草密树深,人们看不清鸡公潭,岸边也没有人家,不会被人看到。”他点头同意,我们一路小跑奔向鸡公潭。

那个物件由两节铜管组成,细的铜管插进粗的那个铜管里头,我们想把它们分开,两人使劲拔,拔不出来,硬是分不开。我提议用石头砸。同学说可以。说砸就砸,我们把那个物件插进大石头缝隙中,拿起石头当榔头,用力砸,使劲砸,左一下,右一下,前一下,后一下,不停地砸,砸呀砸,看到那物件砸裂了缝,砸开了口,我们更加使劲地砸了起来,眼看那物件的裂口越砸越大,眼看就要大功告成了!

突然,轰的一声巨响,硝烟弥漫,飞沙走石,我和同学同时被爆炸的气浪重重地掀翻倒地，动弹不得了。

我的同学伤势比我重，被闻讯而来的亲人送进了医院，我独自一人踉踉跄跄地走回了家。一进家门，父亲就怒不可遏地吼道：“你怎么搞的？怎么搞成这个样子了？”父亲前一天晚上被毒蛇咬过，躺在床上，见我脸上、手上和胸前到处是伤，大声问：“星期日不回家，到底在干什么？”我战战兢兢地把事情的经过一五一十地讲给父亲听了。

父亲听了我的讲述，连忙从床上硬撑着坐了起来，说：“奎生呀奎生（我的小名），你入队是大事，是喜事呀！买红领巾要钱，你怎么不找我要呀？我再困难，也要给你想办法呀！为了三角八分钱，你搞成了这样子，当爹的心里好受吗？伤在你身上，疼在我心里呀。”父亲说着说，泪水就涌了出来。他下不了床，一把抱住我，用手轻轻地擦拭着我脸上的血，又解开我的衣服，见我脸上、胸前也到处是伤，到处都是血，难过地说道：“奎生哪，为了这三角八分钱，你……唉，都怪爹，都怪你爹呀！”

我哭着说：“不怪爹，不能怪爹，都是我惹的祸！”

父亲揩了他脸上的泪水，又揩去我脸上的泪水，急切地说：“走，找医生去！快找医生去！”他一把抱起我，奔进黑夜中，连夜往汉阳河奔去，去找很有名声的草药医生向郎中。向郎中仔细地察看了我的伤口，就急忙去开了处方抓了药，把药放在碾槽子里碾碎，捣溶，和上浓茶调匀成膏状后给我敷到伤口上，然后扎上绷带，对父亲说：“这药敷一两个晚上，就会把碎弹片敷出来的，这孩子没伤到体内器官，无甚大碍，伤口一个星期就会生肌愈合，你放心好了。”药敷好之后，向郎中问：“你儿子是什么东西炸了呀？”父亲给向郎中讲了事情的来龙去脉和炸弹的形状。向郎中见多识广，听了父亲的讲述，说：“那只怕是什么炸弹的引信呀，肯定是日本鬼子用飞机扔炸弹轰炸渔洋关的时候留下的，扔下时，炸弹和引信分了家，没引爆炸弹，幸亏过了这么多年，日晒夜露，雨淋水泡，威力减退了，这真是不幸中的万幸。”

父亲咬牙切齿地怒骂道：“狗日的日本鬼子呀，我与你不共戴天哪！”

向郎中的话，让我吓出一身冷汗，每每想到这事就后怕，我也真是死里逃生哪。

当晚，父亲牵着我摸黑回到了家。

第二天一早，我们学校的校长刘孝青和班主任卢先太就到我们家看望我来了。

我慌忙向刘校长、卢老师痛悔地说：“我犯了大错误啦，我……”

刘校长打断我的话说：“王永元（我的曾用名）哪，你不要说了，我们已知道了事情的原委，这不是你的错，你为了减轻父母的负担，想自己挣钱，通过自己的努力戴上红领巾，值得同学们学习！”

卢老师接着说：“再说呢，你们虽然不知情，但实际上也排除了一个大隐患，要是那个引信被别人拾起卖了，混进仓库，再加工时，会造成意想不到的后果！”

刘校长又说：“当然啰，你们也有缺点，你们要是事先把那个东西交给学校，交给老师，或许可以避免这次事故啊！老师毕竟阅历多些，见识广些呀，你们也确确实实应该吸取教训，引以为戒呀！”

卢老师说：“你也不要背上思想包袱，安心治好伤，早点伤愈回学校，争取六一儿童节参加入队宣誓。”

我连忙问：“我还可以加入少先队呀？”

刘校长说：“当然可以呀，你为了戴上红领巾，付出了血的代价，你的红领巾更加鲜艳了呀！”

敷药后的第二天，父亲解开我胸前的绷带，取下药膏，只见那上面满是碎铜片，大大小小有好几十粒。向郎中真是神医啊！

我的伤很快就痊愈了，但我的胸前和手臂上都留下了终身的疤痕，每当变天时，有伤痕的地方就会隐隐作痛，每当这种时候，我心里就会想起那次鸡公潭的爆炸，就会恨恨地痛骂遗祸给我的日本鬼子！

六一儿童节那天，我终于在队旗下举手庄严宣誓，我终于成了一名光荣的少年先锋队队员，戴上了鲜红鲜红的红领巾。

读完了小学读初中，读完了初中读高中，读完了高中回家接受贫下中农再教育后，当上了民办教师，就到了小学课堂讲台上，再以后就被招工到文化馆，当上了群众文化辅导干部。不论是读书，还是教书，或是做群众文化辅导工作，每当路过鸡公潭，我总是会驻足，浮想联翩，我不知为什么同鸡公潭的关系总是拉扯不断，欲罢不能。

我在本大队当民办教师时，一个暑假的一天，晴空万里，太阳肆虐，天气闷热，吃过中饭，我就要父亲一道下河去摸鱼。那时，小河里鱼特别多，个儿也大，什么鱼都有，乌鳞、白甲、花千、黄骨头、团鱼、娃娃鱼……不下十多种。想吃鱼也很方便，一网撒下河里，少则几斤，多则十几斤，网着一条大白甲，就有十几斤。没有网，可以下河去摸。人一下到水里，鱼就往岩洞里躲藏。只要你找准了岩洞，手一伸进去，就能摸出一条鱼来。摸鱼，运气好，会摸的，可以摸到几两、斤把重的鱼。不好摸的是黄骨头，这种鱼无鳞，涎多，特滑腻，鳃两边各有一根刺，背脊上接近头部也有一根刺，要是不慎被刺中了，很疼很疼，会疼好几天。这种鱼往往钻进的是独洞，它钻进去了，头在里面尾在外面，发觉有人摸它，它就满身溢出涎来，滑溜滑溜的，一般人是捉不住它的。有的人根本就不敢捉它。可我不怕，我会捉，是父亲教会我的。当然，父亲比我更厉害，人们都叫他“水猫子”，意思是说他水性好，会捉鱼。这一天，我同父亲下河了，就开始摸鱼。我发觉一个洞里的鱼，伸手去摸，果真有鱼，凭感觉，我断定是一条大黄骨头。我在这个岩洞的四周摸了摸，发现它是一个穿洞，要两个人面对面摸才行。我就喊父亲：“爹，快来呀，这个洞里有大黄骨头，可这洞是个穿洞子，您来帮我堵住对面的洞口，我好把它摸出来！”父亲答应一声过来了。我同父亲同时把手伸进了洞里，同时抓住了黄骨头。我抓住了鱼头，父亲抓住了鱼尾。我就说：“爹，我捉住了鱼头，您放手，它跑不了啦！”父亲一笑说：“我抓住了鱼尾，怎么能放手呢？我抓得出来。”我说：“爹，您抓的是鱼尾，怎么抓得住呢？”父亲说：“它头上有刺，小心它刺着你！你放手，让我摸出来算了。”我不让，就说：“我不怕它刺，我防备好了，它刺不着我，您放手吧！”父亲说：“那我们来个比赛吧，看谁摸出来！”我心想我摸住的是鱼头，稳操胜券，就说：“行！比就比！”我的话一落，就使劲抓住鱼头往外拉，父亲也使力往外拉，我们同时一用力，那条黄骨头被扯成了两截！我和爹同时把半头鱼摸出洞，拿在手里扬了扬，一起开心地笑了。

正在这时，从我们摸鱼的下游方向传来爆炸声。

我说：“爹，下面有人炸鱼了哪！”

父亲说：“这些人的胆子也真大，公社和区里三令五申不准炸鱼，他们还是炸，就不怕派出所的人抓住呀？”

我说：“我们去看看吧，好像是在鸡公潭哪！”

父亲说：“我看不去好些，免得惹上狐骚呀！”

我说：“只去看看，又不是我们炸的，我们怕什么呀！”

父亲说：“那你去吧，我不去。不过，你还是要小心点啰！早去早回呀！”我答应一声“好”，就朝鸡公潭方向跑去。

到了鸡公潭一看，果然是有人炸了鱼，炸鱼的人已经上了岸。来看炸鱼的人不少，都没拣到鱼，也都离开鸡公潭走了。

我看见人们都走了，也就回家了。

哪晓得第二天一清早公社广播站广播了一则通知："民生大队的王永红马上到渔洋关派出所，所长有重要事找你！"连续广播了五六遍。

我感到非常突然，什么事要在广播上通知？而且还说是紧急通知！

我心里有点紧张，忐忑不安起来。

我妻子说："真是怪事！通知通知，应该说是什么事呀！什么事还需要去派出所？"

我妹妹说："到派出所去，一定不是什么好事啊！"

母亲说："这年头，听广播也让人担惊受怕呀！"

父亲说："白天不做亏心事，半夜不怕鬼敲门！有什么好怕的呀！"

母亲说："你呀，你呀，现实并不都是这样的呀！"

父亲说"奎生，你不要怕，行得正，坐得正，怕什么呀！派出所也不是讲不了理的地方！去派出所的人也不都是坏人哪！"

事到临头，怕也是怕不好的，躲也是躲不脱的，硬着头皮也得去！我说："是祸是福，我都得去，是老虎口也得进去呀。"

我顾不上吃早饭就走了。

进了派出所，一民警把我引到所长办公室。所长很威严，他横眉冷气对着我，我顿时打一个寒战。他一扬眉，问："你是王永红吧？"

我低声回答："是的。"

他突然提高嗓门："王永红，你是干什么的？"

我毕恭毕敬答道："教书。"

他厉颜厉色问："教书之前呢？"

我回答："在县革委会政工组工作过三个月。"

他追问："政工组吗？"

我说："是的。"

他像是自言自语："政工组？这就对了！"

我感到莫明其妙，完全糊涂了。

他眼睛紧盯着我说："你在政工组干过，难怪你有炸药的！"

我更加摸不着头脑，问了一声："炸药？什么炸药呀？"

他像抓住了我的什么把柄，高声说道："我说你在政工组干过，所以你就有炸药！"

我更加觉得莫明其妙，不知怎么回答。

他突然大声问道："你知道为什么叫你到派出所来吗？"

我如实回答："不知道。"

他兀地从椅子上站起身来，厉声问道："什么？你不知道？"

"我真不知道呀！"

"那好，我问你，你昨天在干什么？"

"我没干什么呀！"

"那好，我再问你。你昨天下河了没有？"

我点头说："去了我们前面的小河。"

他追问："还到哪里去了？"

我回答："鸡公潭！"

"干什么去了？"

"摸鱼！"

"摸鱼？"没等回答，他大声道，"不是摸鱼，是炸鱼吧！"

我实话实说："我没炸鱼！我没炸药！"

他不容我分说："你刚才说你在政工组干过。怎么会没有炸药呢？"

“我……”我真是秀才遇到兵，有理说不清呀。

他蛮不讲理：“你不要这呀那呀的了，老实交代吧！”

“我真没炸鱼呀！”

“王永红呀王永红，你是不见棺材不掉泪呀！”他拿出几张纸，在我面前弹了几弹，说：“人家写了检举，有时间，有地点，有人证，有物证，白纸黑字红手印，你还想抵赖呀？铁证如山，你抵赖得了吗？”

我有理不让人：“我真没炸鱼呀！您让我交代什么呀？”

所长一拍桌子，怒吼道：“王永红呀王永红，你不要顽抗到底，我告诉你：你不交代清楚，不老实承认，不深刻检讨悔过，你就休想走出派出所！”他找出几张纸和一支笔，放在桌子上，说：“你想明白了，就写悔过书！悔过书写好了，再给我抄一百份，一份也不能少！”说完，他怒气冲冲地走出办公室，哐啷一声把门反锁上了。

我起身拿出一张公文纸，然后拿起笔，写上了“悔过书”三个字。这“悔过书”怎么写？写什么？从何写起？我又没有过错，为什么要写悔过书？这又不是写小说，我总不能编一个故事吧？这悔过书我能写吗？不能写呀！我真是晦气，大白天遇到活鬼了呀！

所长半天没露面。

下午上班他才来。他推门一看，见我白纸上只有“悔过书”三个字，正想发作，电话铃响了。

他拿起电话，问：“哦，哪里？区革委会？那您是？哟，王主任呀！是！是！是！我们还没调查。什么？您已调查了！也得到举报？您上午亲自去调查了？是！是！是！我们偏听偏信了。对！对！对！要实事求是。好！好！好！我们马上送王永红同志回去！”他放下电话，回望着我，一脸的尴尬，言不由衷地说：“对不起，我们弄错了！”

我也没有好脸色，不无愤恨地说道：“所长，我可以走了吧？”

他马上笑容可掬地说道：“我开车送你回去！”

我一摆手，说：“我领受不起哟，我是走来的，还是走回去吧！”

斗转星移，日月轮回，沧海桑田，变化万千。十年潭变滩，十年滩变潭，小潭变大潭，大潭变小潭，鸡公潭变没了，被填了，无影无踪了。而今，在鸡公潭的遗址上矗立起一片高楼大厦——五峰土家族自治县新县城黄龙寨小区。

黄龙寨小区2014年开工修建，2016年竣工，共建造有26栋楼房，房屋最高18层，可入住1400多户人家。小区前后有柏油马路贯通相连。马路外修建起沿河大道，大道边栽植了各种花木，四季花开吐芬芳。小河里建筑了拦河堤坝，一泓碧水映蓝天。天上白云飘，空中鸟儿飞，水里鱼儿游，宛如人间仙境。随着小区居民的入住，各种服务行业迅速兴起，商铺、超市、银行、药店、饭馆、娱乐场所等竞相开张营业。每当夜幕降临，华灯齐放，五彩缤纷，这里便成了不夜天。车水马龙，游人如织，人们尽情在这里高歌欢舞，享受着社会主义新时代的幸福生活！

鸡公潭托起了一座小区新城！

我漫步在黄龙寨小区，月光之下，鸡公嘴隐约可见，而鸡公潭却没了！我不觉有些失落，我忘不了我与鸡公潭的那些故事。我忘不了鸡公潭！

鸡公潭铭刻在我心里，永远永远！

（原载2016年第8期《长江丛刊》）

小河十潭之九

长　潭

长潭在小河中上游。

长潭在我家大门口。

长潭北邻樱桃山，南接马岩墩。长潭依偎着樱桃山、马岩墩，樱桃山、马岩墩拥抱着长潭。樱花烂漫，骏马奔腾，让人浮想联翩，思绪万千，是人间仙境，还是世外桃源？特别是黄龙洗过澡的黄龙洞中水，飞流出洞，倾泻而下，直奔小河，注入长潭，人们身临长潭其境，更觉龙腾虎跃，踏波逐浪，生机盎然，心清气爽。天赋长潭，诗情画意，天公巧安排。长潭让我一见钟情，一生结缘，一世爱恋，终身不忘。

长潭长，长潭深，是小河潭中之最。长逾百米，深有丈许。长潭入口处的长滩水流湍急，潺潺有声，当地人叫作花水。花水奔腾，一路浪花一路歌，甚是壮观，动人心弦。长滩出口处是长且宽的沙滩，水平如镜，似流非流，微有涟漪，无声无息，性情温柔如处女。长潭是人们游泳和洗冷水浴的好去处，是练习游泳的好地方。我就是在这里学会游泳的，在这里练成了会水人。

我出生于湖北毗邻的湖南南岭北麓山里农家，上十岁才学游泳。

童年随父亲躲兵逃夫，翻过南岭大山，落户湖南大山中，在一个叫八峰山的穷乡僻壤中的一间烂草房里度过了童年。那里只有高山陡岩，原始林木，没有水沟，没有河流，没有玩水、游泳的地方。一直到新中国成立，人民可以安定过日子了，父亲才带我回到了祖籍湖北渔洋关马岩墩下小河边。

回到我真正的家乡以后，我对什么都感到新奇，从心里滋生出对家乡的挚爱。看到门前的小河流水，身上暖暖的，心里甜甜的。我回家乡的第一个夏天的一天，看见同我上下年龄的小伙伴们在小河长潭里戏水、游泳，看他们游拉弓，游插花，踩水，扎猛子。他们扑着身子游，仰着身子游，沉浮自如，如履平地，有说有笑，开心快乐，我羡慕极了，心里痒痒的，也想去玩水、游泳，在水里嬉戏、逗闹，就对父亲说："爹，我也想泅水！"我们这里管游泳叫泅水。

父亲说："好啊，想学就学吧！住在小河边不会水可不行哪！"

我高兴地跳起来："我一定要学会游泳，做一个会水人。"

父亲慈爱地说："有这个决心就好，先跟小伙伴去学学，爹再教你真功夫。"

父亲是真正的会水人。

父亲生在河边，长在河边，是喝着小河水长大的。他从小就跟着我爷爷学放排。放排的人没有水里功夫，不会水是不行的。父亲的水里功夫十分了得，当地人都叫他水猫子。他游泳，游拉弓直像箭离弦，游插花不带一点儿水星儿，踩水如履平地，可以露出肚脐儿，仰游浮在水面上可以游半天，肚皮上不沾一点儿水。父亲当我泅水老师，还愁学不到真功夫吗？

父亲是林业水运工人，多半时间不在家，在小河的上游杨家河扎木排，排扎好以后，从杨家河出发，顺河而下，经小河、渔洋河入清江，交宜都木材码头。他经常一去十天半个月难得回家。

他不在家，我就听他的话，跟着小伙伴们在长潭里学泅水，小伙伴们不肯教我学泅，他们也不会教我学泅。他们本身的功夫，教不了我。

一天，父亲回家了。正中午，天气热，我就要父亲带我去长潭里学泅水。父亲爽快地笑着答应了。我拉着他，一路小跑直去长潭。

到了长潭，我三两下脱掉衣服，一下扑到长潭浅水里。学泅狗刨，手乱刨，脚乱弹，水花飞溅，用尽力气也浮不起来。

父亲见了只好笑，就喊我："奎生，我们去深一点的地方学泅。"

我就跟着父亲到了一个深些的地方，他托着我的身子，让我浮在水面上，对我说："我用双手托着你，你就张开双手用力往前扒，双脚使劲朝后蹬。"父亲用双手把我托起，我按照父亲说的在水面上泅。父亲托着我在潭里泅了几圈后说再添加点难度，就把我托到更深处了。父亲说："注意，开始了！"说完兀地一下收回双手，一个人泅到更深处，踩着水看着我。我一下吓慌了，双手不由自主地用力扒，双脚使劲蹬。我拼命地乱扒乱蹬，居然浮起来了，一用力，还能往前进一步。父亲笑笑说："不要停，不能停，加油，泅到我面前来。"我拼力朝父亲泅去，居然泅到父亲面前了。我一下抱着父亲的身子，说："爹，我学会泅学了，我会泅水了！"两眼情不自禁地流出了泪水。父亲搂着我说："就这样泅，多练练，你就真会泅了，就成为会水人了！"我连连点头，一下挣出父亲的怀抱，向长潭的最深处泅去。父亲见了很高兴，向我伸出了大拇指，我开心地笑了。泅水，不向前就会后退，不向上奋力就会沉没，不进则退，不浮则沉，做人何尝不是如此呢。父亲教我学泅水，也是在教我学做人。

父亲教会了我泅水，又教会了我抓鱼。凭手在河里岩洞里抓鱼，我们这里叫摸鱼。

长潭上头是长滩，长滩很长，水流很急，水流越急越有鱼，有大鱼。长滩的鱼多鱼大，摸不完，摸了又来。都是从清江河里上来的。五六十年代，长滩就是我们家的菜园子。想吃鱼了，来客了，去长滩片刻工夫就可以摸几条回来，就可以美美地吃上一顿。

长潭、长滩就在我家大门口。

从我家去长潭，大约百米左右。

一天中午，烈日当空，酷热难耐，我又要父亲陪我去长潭泅水解热。父亲点头，欣然答应。父子俩走出家门，走下道场坎，走到长潭岸边。岸边有一巨石，其形如秤砣，高有丈许，四五个人伸臂牵手，也围不住它。我觉得很奇怪，周围一带没有同它一样大小的岩石，而且石质也没有同类的。我在那里站住，问父亲这个大石头为什么与别的石头不同。

父亲说："这个石头形如秤砣，人们都称呼为秤砣石，这个秤砣石的来历还有一个神话传说呢。"

父亲让我扑卧在长潭浅水里，给我讲述这个秤砣石的传说。

老辈子们说，有一云游四方的神仙，跟着一伙去南方的背脚佬走到这里，见方圆有长逾百丈，宽近半里的一块平地，土地肥沃，草木茂盛，却没一户人家，便问同行的背脚佬是什么缘故。背脚佬告诉他，这里背靠大山，面向也是大山，山上悬崖峭壁，巨石悬空，常有石头从山上滚落，直落山下，地质太轻，地脉不稳，无人敢在这里歇脚，更不敢在这里安家落户。神仙听了，哦了一声，说："那我来镇住地脉吧。"背脚佬望了他一眼，心里说道："一个疯子，疯人说疯话！"那个神仙却嘴里念念有词，用手一指，一块巨大的石头从天而降，落在长潭岸边，就像一个巨大的秤砣放在那里。背脚佬一个个目瞪口呆，半天没说出话来。等到回过神来再看那个赶路人，却不见了踪影，他们一齐叹道：

“我们有眼不识真神，遇到活神仙啦!”从此就有了这秤砣石。

时光荏苒，岁月轮回，长潭两岸的山上再也没石头滚落下山了。过了很多年后，从外地搬来一户人家，夫妻俩带上一个小男伢，在这里安营扎寨，垦荒种地，兴家创业。父母不愿儿子跟着他们种地当农民，就要儿子出去读书考功名。儿子不愿意出去，老子一遍又一遍举起鞭子，驱赶儿子出山求学。儿子拗不过老子，害怕老子手中的鞭子，就辞别父母，义无反顾离家出山了。儿子出去，三年寒窗苦读，终于一考中榜，当了大官，衣锦还乡，光宗耀祖，亲自在当地宣示：父亲赶我出去读书，我今荣归故里，没有父亲举鞭一遍一遍赶我出去，就不会有我今天的荣华富贵。为报答父恩，记住父恩，从今往后这个地方就叫赶子坪。不久，赶子坪又迎来了一位新主人，一户曾姓人家迁居到赶子坪，曾家主人听到赶子坪的故事和秤砣石的传说后，就把儿子带到秤砣石边，要儿子跪到秤砣石下，拜秤砣石做干爹，打躬作揖，叩首朝拜，山呼干爹，虔诚至极。此后，每到大年三十，曾家儿子都煮熟猪头，用饭盆装着，端至秤砣石，把猪头放在秤砣石上，焚香放鞭炮，拜天拜地拜干爹，祈祷上天保佑。年年如此，如此年年，曾家人丁兴旺，家业红火，干爹护佑，神石显灵。曾姓人家成了赶子坪的名门大户，名扬一方。秤砣石从而成了一处胜景，慕名来拜谒者络绎不绝。直到20世纪50年代，秤砣石才少了香火。

父亲知道的事好多好多呀。

我随父亲定居赶子坪后，父亲就把我送进了附近的小学，我在这里读完了初小读高小，接着去渔洋关镇上读完了初中，然后进五峰县城读完了高中。高中毕业回到了农村，回到了赶子坪，接受贫下中农再教育，在广阔天地里炼红心。上面认为我表现很好，几次招我进城工作，我们大队书记却卡住不放。出去工作无望，我也就决心当农民，打土垡盘庄稼了，开始干农活什么都不会，什么都得从头学习，又苦又累不说，还受到许多人的讽刺和嘲笑。有一次在长潭边地里学耕田，套不上牛，请教身边的一个农民，他白了我一眼，不屑地说："真无用，耕田连牛都套不上，怎么种得好田哪？书白读了呀！"我一听，怒火中烧，眉头尖上都是火，一下子推开犁，赶走牛，气冲冲地跳进长潭里，绕长潭泅了几大圈，浇灭了心中的怒火，坐在长潭边上生闷气。这一幕早被父亲看见了，他走到我身旁，对我说："奎生，不要着急，我来教你学耕田。世界上没有什么事是无师自通的，你也不要生气了，那么多大本大本的书你都读懂了，那么多长篇长篇的文章你也写出来了，还怕套不上牛，学不会耕田啦！"听了父亲的话，我连连点头说："您教我，我一定学得会！我一定好好学！"我感激我父亲，他总是那么关心我，懂儿子的心，他一五一十地讲了套牛耕田的方法，手把手地教会了我怎么套牛，怎么耕田，父亲教得好，我也学得快。以后，不论是旱田还是水田，不论是坡田还是岩旮旯田，我都会耕了。时间不长，我就成了耕田的行家里手。而且，父亲还教会了我各种农活的技能，我成了一个真正的农民。什么农活，力气活也好，技术活也好，我都拿得起放得下，正当我安心做农民，决心在农村干一辈子的时候，县里下了一纸正式招我工作的文件，直接通知我去县文化馆上班，大队书记再也无话可说了。

告别了赶子坪，告别了长潭，但我始终忘不了赶子坪，忘不了长潭，不论是在校读书期间，还是参加工作在单位的年代里，我总是惦记着赶子坪，挂牵着长潭，总是魂牵梦萦，经常在梦里，徜徉在长潭岸边，畅游在长潭里。长潭是我永远的乡情，永远的乡恋，永远的乡愁，在任何时候，任何地方，我都忘不了我家门前的长潭啊！

2003 年，我过花甲之年了，毅然决然地退休，回到了赶子坪，回到了长潭边，开办起农家书屋，继续在知识的海洋里漫游。

民谚说：十年潭变滩，十年滩变潭。但我经历的这七八十年，长潭没变成滩，长滩也没变成潭。也许真是秤砣石镇住了这里的地脉吧！

长潭没变，长滩没变，但赶子坪变了！当初没有人烟，后来有了人居住，开始三户人家，现在发展到十多户人家的小村落。几年的脱贫攻坚，山乡巨变，旧貌换新颜，家家户户步上了小康路，人民生活富裕，美满幸福。乡村水泥公路连通了小河的上游下游，连通了赶子坪的山上山下。青山绿水变成了金山银山，满山遍岭的茶园成了农家的储蓄银行。今年，当地的电力公司又专门为这里的公路边安装了路灯，一到晚上，华灯绽放，赶子坪便成了不夜天。公路上人来人往，欣赏山间夜景，享受丰富多彩的夜生活，倾听长滩长潭的欢声笑语，山歌小曲。

我站在我家大门口，凝视着门前的秤砣石，我更加坚定不移，吃了秤砣铁了心，真诚为人，真情为文，像长滩、长潭之水，奔流不息，走笔不止，虽然不会笔下生花，描绘出最美的图画，却可以如实记录下我的所见所闻、心路历程和人生感悟，留言子孙。

（原载 2021 年 9 月 23 日《中国文化报》）

小河十潭之十

石 板 潭

石板潭在长潭、长滩之上，由上潭、下潭相连接成为一潭。潭底多半是整体石板，整个南岸也都是石板，故叫石板潭。上潭因修筑公路炸掉南岸石山、石板被填埋掉了，仅剩下潭了，也就是如今的石板潭，因人们常年不断地炸鱼，石板潭底经不住炸弹的反复轰炸，石板大多破裂、损毁，再经过长期的流水冲刷，潭下石板残留不到一半了。

石板潭的两岸是通往马岩墩和樱桃山的要道。通往北岸樱桃山的道路从我爷爷家门前通过。20 世纪四五十年代，我爷爷就住在石板潭北岸樱桃山下的大路旁。来往马岩墩和樱桃山的人必须经过石板潭上的木桥。木桥是我爷爷带着我父亲和幺爹搭建的，小河每年要涨很多次大水，大水太大就会冲垮木桥，大水退了，我爷爷他们父子又把桥搭起来，方便南来北往的人过河，过河的人都感激不尽。

涨大水冲垮、冲走木桥是常有的事。冲走了，爷爷他们就又上山砍伐一二十根杉树扛到石板潭边，先做两个桥墩，用四截两米多长的杉树做成梯形桥墩，选长且端直的杉树面在桥墩上，杉树用山上砍来的棉麻藤捆紧，桥两头搭两岸上，木桥便搭成了。修路搭桥是积德行善的大好事，方便了别人，也方便了自己。

没有桥真的不方便！20世纪50年代初，父亲从湖南回迁湖北，回到五峰渔洋关镇马岩墩小河边，就暂住爷爷家。有一次，父亲流鼻血，流了一天两夜，找了附近几个郎中几家药铺诊断弄药，喝了都不见效，血怎么也止不住，已非常危急，准备天一亮去渔洋关街上看医生弄药。可当晚一夜的暴雨，小河又涨了大水，木桥被冲走了。没有桥，过不了河，急死人哪！爷爷就喊对岸的一个熟人，隔岸高声讲明了情况，请那熟人去街上买药。那人很快就把药买回来了，怎么送过河呢？那人急中生智，把药同小石头放在一起，用线麻绳绑紧，用力扔过石板潭。那药也真灵，一喝见效。鼻血很快止住了。

当时我年纪尚小，不懂事，没有看看、记住是什么药。父亲的鼻血止住了，休息了几天，就放排去宜都，四天后回家，又逢下大雨涨大水，父亲急着回家，只好冒险泅水过河。河里水真大呀，父亲从石板潭潭头上下水，斜泅了三四百米才上岸。洪水几次把他卷入浪涛之中，他拼力挣扎才冒出水面。我在岸上看了，双腿只打战，惊叫声不断，他凭借自己的水上功夫，脱离险境，安全上岸，实在是有惊也有险啊！因隔河不方便，爷爷过世之后，父亲就在马岩墩下赶子坪建栋茅草房，幺爹搬到小河街上去了。

石板潭再没有人搭桥了。一到大雨涨水，南岸的人去不了北岸，北岸的人去不了南岸，南岸有十多户人家的田在北岸，春茶抢采时节，看见茶叶老了采不了。夏种时节，要栽苕了而水不退，晴几天，沙土地就没墒了，苕栽不上，人在河岸干着急，误了季节，误了农时，就没有收获。人误地一时，地误人一年。水太大过不了河，又有什么办法呢？

有过往行人着急过河，没桥了，就从河滩上涉水过河。那时河里的水比现在大，齐腰深，又湍急，人一不小心就会被冲倒。会水的人可以爬起来，不会水的被冲倒，就流到潭里去了，再也爬不起来，几乎隔几年就有人涉水过河被河水吞噬。

多年后的一幕让我永世难忘。冬日的一天早上，我晨练散步至石板潭，雪后初晴，满山遍岭依旧白雪覆盖，寒风扑面，眼见一村民背着一满背架子柴涉水过河，一步一步往前走，走到河中间，突然脚下一滑，一下跌倒在河里，一背架子柴全部被水冲走，那村民全身湿透，艰难地爬上岸后，一屁股坐在地下，长叹许久，背着空背架子回到家里，没见到他再出门，这一幕深深地刺痛了我的心！

我想到了许多，想到了以前的木桥，想到了木桥上往来的行人，想到我爷爷、父亲和幺爹他们一次次搭桥……

石板潭上应该有一座桥了！

那天回家，我吃过早饭，走出家门，直奔渔洋关镇镇政府，找到当时的镇党委书记文牧，给他讲述了我早上见到的那一幕，并告诉他：石板潭南岸樱桃山下有北岸的十多户人家的田、茶园、山林上百亩，没有桥过河不行哪！

文牧书记听了我的讲述，很动情，二话没说，当即表示：这桥一定要建！我去同有关部门协调，你等着好消息吧！文书记是个急性人，说办就办，雷厉风行。越冬至春，一座长 50 米、宽 1.5 米的钢缆索拉桥就修建起来了，桥面用清一色的紫树木板铺成，刷上了红油漆，虽然简单，但很适用，人们称之为“便农桥”“爱心桥”。在渔洋关镇内独此一座索拉桥，是小河上一道独有的风景，县里还在这里拍摄过文艺专题片呢。

这本是众口说好的一件好事，有人竟公开说这桥是“政绩工程”“面子工程”。我一个退了休的老文化人，还图什么政绩？讲什么面子呀？

好事难办呀，从今往后再不自找麻烦、自寻烦恼就是了。

天有不测风云，前年夏天又一场特大暴雨，涨了特大洪水，把索拉桥冲毁了，冲走了!

站在桥头的人们一遍又一遍地叹息:“桥没了，桥没了，怎么办哪?”

我也摇头，望潭哀叹:“唉，桥没了，桥没了，这如何是好啊?”

我脑海又出现了耽误农时的那一幕幕，又看到了村民背柴跌倒、一背架子柴在河里流走的那一幕，耳里又听到村民一遍又一遍“桥没了，怎么办哪”的叹息，我该怎么办啊?

严冬的一天，我一人在公路上溜达，看见石板潭潭下面滩上几个人，有男有女，有老有少，在冰冷的河水中掀石头，砌石墩，冻得浑身发抖，我的心一下被刺痛了，天寒地冻，我在公路上，穿着棉大衣还冷得发颤，他们怎么受得了啊!

此情此景，我还能无动于衷吗?

我又去了镇政府，见到了镇党委新任书记简东明，我没开口，书记先开了言:“情况已反映我到这里了，我督办，您放心!”

没几天，新桥就开工了。

两个月后，一座新的索板桥重新建起来了。

新桥更壮观了，两岸边钢筋水泥砂浆浇筑的桥墩加高了一米，钢索比原先的加粗了两倍，桥面上的木板一律采用经久不烂的毛栗子树加工而成，护栏用了不锈的钢丝网，十年一遇，五十年一遇的洪水，石板潭桥可以确保安然无恙了。

石板潭桥离我家二百来步，我几乎每天都去桥上走走，走过来，走过去，走过来七十八步，走过去七十八步，一遍一遍又一遍……

（原载 2021 年第 5 期《草原》杂志）

穿珠识玉

故事家的“上书欲”

曹雪芹不写《红楼梦》，有谁先写曹雪芹？——题外语

他喜形于色。

他翘首以望。

他的书快要出版了。

他……他是谁？

刘德培。

刘德培——中国民间文艺家协会会员，曾任湖北省民间文艺家协会理事、湖北省文联名誉委员，全国著名民间故事家、国宝、大师——闪光炫目的头衔和褒扬称谓一大堆。上过书、上过报、上过电视、上过电台，闻名遐迩，饮誉全国，谁人不知？哪个不晓？

然而，谁个知道，哪个晓得——他，刘德培，大器晚成，功成名就，却依然故我。吃自家种的粮食，花自家挣的票子，穿自家缝的衣裳，住自家盖的房子，长年累月，在珍珠山上——他的家乡——走村串户，“日白”讲“经”，乡亲们依然亲昵地叫他“日白佬”！他诙谐的话语和爽朗的笑声依然回响在珍珠山中的村村寨寨、山山岭岭！

他是珍珠山的人，他吃惯了珍珠山的五谷杂粮，走惯了珍珠山的曲径小道，听惯了珍珠山的雀鸣鸟啭，看惯了珍珠山的云海雾涛。他甚至觉得珍珠山离天都近些，太阳都暖和些，月亮也都亮些！他感到，掬一捧珍珠山的泉水，喝一口比酒都醉人，摘一片珍珠山的树叶，嚼一口比糖还甜心！他喜欢珍珠山，同珍珠山结下不解之缘、生死之情。他离不开他的珍珠山，珍珠山也离不开他——离不开她造就、哺育的故事家。

是他——刘德培——给珍珠山增添了灵光宝气！

是他——刘德培——给珍珠山挣来了勋绩殊荣！

啊，珍珠山，刘德培的发祥地！

呵，刘德培，珍珠山的佼佼子！

他，刘德培，从娘肚子里奔到人世间来似乎命里已注定他要成为故事家的——他先天性高度近视，脑子却特别灵活。

近视是大脑记忆力的增生剂。

脑子灵活使他不安分。

他从小就喜欢听大人们“日白”讲“经”，喜欢听喊歌唱戏。也巧，他身边“日白”讲“经”喊歌唱戏的又特别多，他真是如鱼得水啊！他听，听得入了迷，听得上了瘾，不懂的还要刨根挖底地问，不弄个水清明白不放过场。

然而，他的哥哥弟弟们，他的姐姐妹妹们，他的娘老子，还有他老子的老子，都不喜欢他的这个嗜好，不喜欢他的这个德性，不能容忍他成为“日白佬”！他被视为这个家里的异端，他“日白”讲“经”，自然被视为邪说了。

全家人逼他改“邪”归正。

他却“邪性”难移。

他13岁时，公公做80大寿，他去打寿酒，冰天雪地，坡陡路滑，一跤跌倒，摔破了公公心爱的寿酒壶。他不愿等他老子或者他老子的老子的棍棒教诲，不辞而别，只身出走，闯荡江湖，给人帮工谋生去了。

他从小就喜欢图个新鲜，就是帮工也是如此。他伺候了几天私塾先生，就去斋铺里当了学徒，当了一阵子学徒，又去给皮影戏师傅扛箱子。不几天，他又觉腻味了，腻味了又改行。反正脚长在自己腿上。不想搞了，脚一挪就走将起来，神不管，庙不收！此后，他跑过邮差，当过货郎、挑过夫、背过脚、检过屋，还当过算命先生。新中国成立后，当过乡调解委员、县粮食助征员、乡校教员、大队赤脚医生、小队会计等，这些行当里，背脚时间最长，前前后后，断断续续搞了十多年。走南闯北，到过鄂西、湘西9个县。背脚是个苦活路，几十百多斤压在肩上，一天要走几十百把里路，边走边“日白”讲“经”，背上也觉轻省些！张三讲了李四讲，李四讲了王五讲。有“白”就“日”，谁都愿意讲，看哪个讲得好，讲得多。只要有人讲“经”，刘德培就特别有劲。今天同这几个人背脚，听这几个人讲，明天又同那几个人背脚，就又听那几个人讲。喜欢讲“经”的人又特别多，讲不完，听不厌。别人讲过了，听过了，没事了。跟过水坵一样，水过田干。刘德培却用了心思，他听过了，记住了，忘不了，把人家讲的“经”都装进自己心里了，据为己有，成了他的私产，成了他的财富。

他的记忆力出奇的好，孩提时听过的“经”，长的也好，短的也好，如今古稀之年，仍能完完整整、绘声绘色地讲出来。他讲“经”极注重技巧。开讲之前，他要看听他讲“经”的是些什么人，工农商学兵，老中青少童，因人而异，投其所好。讲的时候，开头不紧不慢，中间节奏加快，收尾时，包袱一抖——干净利落！听他讲“经”

的人没有几个能忍俊的，而笑声又往往是同时陡然爆发出来。这时，他脸上也泛出了光泽，用手揪着自己的胡须，体味着人们的笑声。只要一个“经”讲下地，引爆出人们的笑声，他就高兴了，满足了，甚至有点洋洋自得起来。

当然，那时他并不晓得讲的这些“经”“日”的这些“白”有多大价值，只晓得那些“经”、那些歌、那些戏文，能逗人哭，逗人号啕大哭，能逗人笑，逗人捧腹大笑，笑出眼睛水来，能逗人去想，想破脑壳，想得脑壳疼！一天劳累之后，一伙子长工、短工，男的、女的，老的、少的，或躺在地铺上，或围在火坑旁，或蹲在地头、路边，说天道地，“日白”讲“经”，讲的讲，听的听，笑的笑，闹的闹，穷作乐，穷快活，不知不觉提了精神，消了疲劳，消了忧愁，消了烦恼。

他喜欢听，更喜欢讲。开始一个人暗里学着讲，慢慢地当着别人的面讲；人多他讲，人少他也讲；屋里讲，屋外讲，田间地头也讲；白天讲，夜晚讲，逢到哪家的生、丧、娶、嫁，他不请自到，通宵达旦地讲；乡里讲，城里讲。1983 年 12 月，他讲到了武汉的一些大学讲台上！领导同志夸奖他，教授、学者称赞他，夸他民间故事讲得好，赞他对民间文学艺术事业贡献大，授给他“民间故事家”的锦旗，发给他中国民间文艺家协会的会员证。这时，他才晓得“日白”、讲“经”的洋名儿叫民间故事，会“日白”、讲“经”的人叫民间故事家！只到这时，他才朦朦胧胧晓得了这讲“经”、“日白”也是一门艺术，一门学问，也才朦朦胧胧晓得了他讲的那些“经”“日”的那些“白”的价值所在！他眼见县文化部门的一个被人们称为笔杆子的人，把他的那些“经”那些“白”记录下来，抄抄写写、修修改改、工工整整地誊正像寄信一样寄了出去。不久，那个笔杆子又收到大个大个的信袋子，打开了看，是报纸，是杂志。那些报纸、那些杂志把他讲的故事印在了那上面，还标上了他刘德培的大名。他的名字上了报，他的故事上了书，没有想到过呀！他梦里不知笑醒了好多回啊！

他把那些报纸、那些杂志翻到有自己名字的地方，挨到脸上，挨到鼻子尖，挨到眼睛珠，看了又看，念了又念，如醉如痴，喜笑颜开，爱不释手，舍不得放下。有一次，在小车上，司机看到他又在“闻”书，笑他：“刘老哎，您是个闻名的故事大王，也是一个出名的近视大王呀！”刘德培随口便道：“在清朝，‘进士’（近视）可是一品官呢！”每当他看书的时候，总有人戏谑他：“刘老哎，您在看书呢？还是在闻书呢？”“刘老哎，您不要把书都吃掉了呀，留给我们也尝尝滋味呀！”他听了只好笑，笑得合不拢嘴，满脸的皱纹都像要笑走似的！他乐呵呵地说：“没想到我讲的那么些子‘经’也能上书啊！我一直以为书都是圣人写的呢！我上过那么几天学，读过那么几本书，不是‘孔子曰’就是‘孟子曰’，而今的书上也有我‘刘子曰’了啊！”

他的“经”也真多啊！

他的脑袋简直就是一座藏珍储宝的仓库！

1982年冬，采风者找到他。他讲，采风者录。一连十几个日日夜夜，他竟一气讲了300多则故事！以后，他又陆陆续续补讲、补录了一些，现在录音磁带里最后一个故事的编号是：No.512。一个人讲了512则故事，谁听了不震惊！要知道：在国际上，能讲300则故事的人被称为“特级传承人”，相当于特级教授！如此推算，刘德培比特级教授还高出一大截啊！于是，有人断言：中国少有！世界也少有！他是名副其实的故事大王！在中国，有人说他是第一，有人说他是第二，没有人说他是第三！在这方面，刘德培不大谦虚，他毫不含糊地自认为既是中国第一，也是世界第一！而且扬言要保住这两个第一！他说这不是争自己的脸面，而是争国家的荣誉！

1984年6月，刘德培作为唯一的特邀代表参加了在湖北省咸宁地区召开的全国机智人物故事学术讨论会。会间，中国社会科学院文学研究所祁连休教授同与会的数十名专家学者探讨“盘古开天”的由来，没等专家学者开口，刘德培抢先发了言：“我知道有这么八句话，‘混沌从来不记年，三千二百道为先。生我之时无日月，我生之后有山川。南山采药无松柏，北海取水又无泉。圣人问我多少年，先有吾神后有天！’”随后，他又一句一句作了解释。顿时，满座皆惊，全场沸腾，舆论哗然，掌声雷动，人们如众星捧月，把他包围起来，问天文，问地理，问远古，问当今，问人物，问神灵。他对答如流，妙语如珠，见解独具，多少目睹者为之结舌！他简直成了一座挖不尽、取不完的宝库！湖南有位代表禁不住感慨万端：“我不知道刘老的脑壳是怎么长的，问歌有歌，问词有词，问天，他知九重，问地，他晓得十八层，问什么他答什么，本子都记满了！”

会上，他成了头号贵宾，受到全体与会专家学者的钦佩和敬仰。

从此，他被民间文艺界的专家、学者、领导誉为“国宝”。

在全国，掀起了一股不算太大，但也确实不算小的刘德培宣传热。

刘德培时来运转，他出了名，成了世人注目的新闻人物。全国二三十家报纸、杂志、电台、电视台相继报道了他，评价了他。一时间，记者、作家、画家、摄影家纷纷慕名来访。省里的、地区的一些党政要员和部门的一些头头脑脑常来慰问，他家经常宾客盈门，高朋满座，迎来送往，络绎不绝。不过，渐渐地，他对这无休无止的迎来送往，端茶递水，烧火做饭厌烦起来，不大感兴趣起来。他感兴趣的是自个儿讲的“经”，唱的歌，还有戏，还有谜语，能够上书，多上书！

而有些人来采访他，不要他讲那些“经”，不要他唱那些歌，更不要他打那些谜语猜，却一而再再而三要他讲：为什么四十多岁才讨老婆？年轻时有没有几个相好的女人？同这些女人睡过觉没有？现在还有没有往来？还有的像“文革”时期专案组清理阶级队伍那样追问他祖宗十八代的来龙去脉！还有些大块大块的文章，写他这，写他那，编上一些他自己也不知道，使他莫名其妙的旧闻轶事、风流韵事，名为纪实，实为编造。这，叫他能感兴趣吗？

他感兴趣的就是他的东西能上书、多上书、快上书！他希望有人帮他上书，采访他的人不少，谋他资料的人也不少，甚至有些曾厌恶过他的人，不太看得起他的人，不大喜欢他的人，也摒弃前嫌，登门造访！然而，真正为他上书而来往、而奔走、而呼吁、而出力的人却并不太多。

他好比一株珍稀古树，来拜谒者都无一例外地要从这株珍稀古树上撷取一片树叶，或者一截树枝，或者一块树皮，或者一段树根，用以装饰自家的盆景！

他又好似一部包罗万象的活词典，各人都想从这部活词典里选取最美最佳词儿去修饰自己的文章！

他还好比是一个活宝，活宝是社会的财富，社会的财富，人人有份，你取我也取，各人取所需！

有些人来采访他，说他这也是宝，那也是宝，可又说这也不能上书，那也不能上书。然而，那些人记的还是记，寻的还是寻，挖根刨底，恨不能把他的心肝肚肠都挖出来！直到他们满意了，不管老头子舌焦口燥。末了，一声多谢，长短不说，本子一合，录音机子一提就走了。以后，音讯杳无。他成了人家文章中的材料，绘画的模特，真正属于他的东西，没有几个人帮助他弄上书去！渐渐地，他似乎明白了一点点，来找他的人不完全是为了他！

他希望得到别人的帮助，但也尽力靠自己去争取，他要把他满肚子的东西都倒出来，自己把它写出来。他不怕只读过两年书，认识不了多少字，也不怕字写得不好，他深信自己脑子里的东西是有用的，是珍宝，有的还是无价宝。他要把自己的这些珍宝挖出来，献给国家，不能把这些珍宝带到地下去！他戴着两千多度的眼镜，颤颤巍巍地拿起了笔，他感觉那笔有千斤重，压得他喘不过气来，笔再重再沉，他还是要拿，还是要写，硬是铁了心哪！

他不属于先富起来的那一部分人，在家里，他没有故事家的特殊待遇，没有办公室，也没有写字台，更没有秘书、助手。他把稿纸铺在窗台上，站在窗台前，鼻子尖挨着钢笔尖，眼睛贴近稿纸，眼睛、稿子、笔，三点几乎汇成一点！

写！他一笔一笔，一字一字地写。今天写几句，明天写几句。想起来了写，写起了又想。热天，他写，汗水淋漓，他用洗澡毛巾，揩了再写，夜蚊子叮咬，他左一巴掌右一巴掌，他的手、他的笔沾着夜蚊子从他身上吸吮的血液和身上流出的汗水；冬天，冰天雪地统治着珍珠山，天寒地冻，寒气逼人，他站在窗台前，不断地跺着脚，搓着巴掌，有时候，往手板心里呼几口热气，实在抵不住了，到火坑边烤一下手，就又站在窗台前……

他写！老伴疼他，抚摸着他冰冷的手，忍不住眼泪在眼眶里直打转转。她想：老头子呀，你这为哪起呀！

他写！姑娘、女婿不理解他，每每还有责怪的意思，辛勤地劳动了一生，有福不知道享。他们想：爹呀，您该不是精神出了毛病吧？

他写！孙子们常打扰他，他们多么想爷爷天天讲故事给他们听呀！爷爷讲的故事，常常使他们忘了吃饭、睡觉。可现在，他们却都嘟起了小嘴。他们想：爷爷呀，您不会忘掉您的孙子们吧？您还会讲故事给我们听吧？

他写！有些人嘲讽他。那些人看到他扑在窗台上写，耸耸肩，皱皱眉，斜斜眼，一脸不屑的颜色！他们想：这个老头子呀，自讨苦吃！老也老哒，离天远、离地近了的人，还图什么呀？还有的说他不知足，唾沫星子冲出银子来了，省、县给了他几千元奖金，名也有了，利也有了，还没日没夜不要命地写些什么？未必还写出一个万元户来不成！

写！他不是那种容易动摇自己意志和信念的人！他毫不动摇，走笔不停！

他写！写呀写，一天、两天，一月、两月，一年、两年，坚持不懈，笔耕不止！

他写，写呀写，三年、四年、五年、六年、七年、八年，整整坚持了八年！八年，八个春秋，八个寒暑，三千个日日夜夜啊！八年来，他回忆、笔录出民歌民谣1000多首，谚语、俗语、歇后语3000多条，谜语820则，连说带唱将生旦净丑一人包台的皮影戏5本，唱本唱词1000多段，以及一批珍贵的民俗风情资料。而为这些资料送交存档有关单位和有关人士，大多抄过五六遍，加起来有数百万字！

这都是他的心血结晶哪！

他人老心未老啊！

人，都有七情六欲，他——刘德培多出一欲——“上书欲”！他已不满足那一篇一篇的故事散见于这报那报、这刊那刊了，他企盼他的书成册、成集、成卷、成套！

好一个“上书欲”啊！

他曾对笔者说：“上海已经在编辑我的故事专集，北京也计划出我的故事选本，我只想生前能看到我的这些书啊！”这就是刘德培老人的心愿，一个年逾古稀年近八秩老人的心愿，多么朴实，多么真切，多么炽热啊！一个辛勤劳动了一辈子的老农民，不是想的钱，不是想吃好一点，穿好一点，玩好一点，而是想上书，多上书，多么崇高的精神境界呀！多么可贵的“上书欲”啊！

他的《新笑府——民间故事讲述家刘德培故事集》由上海文艺出版社出版了；

他的机智人物故事集《顺藤牵宝》由中国民间文艺出版社出版了；

到目前为止，他上的书已逾百万字；

……

然而，他却还不知足！

他说：我还有很多很多的故事。

他说：我还有很多很多的歌谣。

他说：我还有很多很多的谜语、谚语。

他说：我还有很多很多的……

真是满足不了的“上书欲”啊！

他翘首以望。

他喜形于色。

（原载湖北人民出版社2004年10月版《刘德培研究》）

珍珠山村，笑声智语今犹在

——忆同刘德培交往二三事

今年六月，我重走茶马古道，路过珍珠山村，一下勾起了我对民间故事家刘德培的回忆。

一

20世纪80年代初，发现国宝刘德培的王作栋调往宜都县文化局工作，仍然关注着刘德培。隆冬的一天，他致电我和王华武：湖北省民间文艺研究会（民间文艺家协会前身），在编辑长江民间文学丛书《汉族机智人物故事集》，要我们去采访刘德培，搜集五峰地区机智人物杜老幺的故事。王作栋说，刘德培肚子里有的是货，脑壳里装的都是宝，赶紧去搜集，整理几篇发给他，省里急要，定稿在即，时间很紧，必须马上行动，争取赶上这趟车，以免遗珠之憾。

第二天一清早，我们就出发了。风吼雪飘，天寒地冻，公路封路了，车辆停运了，我们只好步行。我们踏着冰雪，迎着寒风上路了。县城到刘德培家有二十多里路，寒风还在刮，大雪还在下，行走很艰难，去时大多是上坡，雪深路滑，我们一次次跌倒，一次次拥抱、亲吻路上的冰雪，跌倒了爬起来，爬起来了又跌倒，头发、眉毛上都是雪花，而身上却感觉有汗沁出。到刘德培家刘家坳，走了三个多小时，已是中午时分了。

刘德培居住的是一栋土起瓦盖的旧房子，大门紧闭，房顶瓦缝里冒出缕缕青烟，证明屋里有人，刘德培老人在家。我们走过去，轻轻敲了敲门。问："刘老在家吗?""在家呀!"随着刘德培老人的回答，大门打开了。我们是熟人，他一见到我们就是一阵阵响哈哈，朗朗笑道："难怪我刚才喷嚏打得山响，原来是两位王爷光临哪!"说完又是一阵哈哈大笑，把我们迎进屋里。走进屋里，一股热气扑面而来，我们看见火坑里火旺旺的，暖和极了。刘德培老人又往燃烧着的柴火上面加了两大块栗树劈柴，火更加熊熊燃烧起来。我们围着火坑坐下，开门见山，直奔今天的主题："刘老哎，昨天，王作栋打电话给我们，要我们来找您取宝的啊!"刘德培还是哈哈一笑，说："我哪里有什么宝呀，肚子里装的都是一些陈谷子烂芝麻哟!"华武说："您太谦虚了，我们受王作栋委托，今天专门来听您讲讲杜老幺的故事。""杜老幺的故事？我都讲给王作栋了，他都记录了的呀!"我说："王作栋说您脑壳里一定还装的有哇，要我们来找您挖!"刘德培笑道："他把我的都挖起走了，再没多少了的哟!"他停顿了一会儿，接着说："好吧，我近几天坐在屋里烤火，倒是想起了几则，不知作款不作款!"我们迫不及待："一定作款！一定作款！您就讲给我们听听吧!"刘德培捋了捋黑胡子，清了清嗓子，说："好吧，那我先给你们讲一个《羊肉面》的故事吧。"

刘德培娓娓讲道：

杜老幺饿了，到一家面馆吃面，才进门，碰上老板。老板笑笑说："杜老幺，做个玩意儿事，打个赌吧?"

"赌什么呀?"杜老幺问。

老板说："你要是能白吃到我的面，从今往后，你到我这里吃面不收钱。"

杜老幺问："这话算数吗?"

老板说："我心甘情愿的嘛，说话肯定算数。"

杜老幺说："这好是好呢，就是我饿得很哒，先吃一碗面再说吧。"

老板说："这好说，你要碗什么面?"

杜老幺说："来碗牛肉面吧。"

老板给杜老幺端来了一碗牛肉面。杜老幺看了看，说："这牛肉只怕没煮烂哟。劳驾，调一碗羊肉面吧。"

老板又给换了羊肉面，杜老幺几筷子就吃完哒，他把碗一放，说声："老板消停忙啊"，提脚就走。

老板忙说："你这就走啊？不打赌啦？你还没结账呐!"

杜老幺问："结什么账啊?"

老板说："你吃了一碗羊肉面呀!"

杜老幺说："羊肉面？那是我拿牛肉面调的呀。"

老板急了："牛肉面你也没给钱呀!"

杜老幺说："是没有给钱，我没有吃呀！没有动筷子，也收钱哪!"

老板跺起脚来："这不让你白吃了呀!"

杜老幺说："都是说话算数的人，我明天再来多谢您吃面哪!"

杜老幺真是个机智人物，他的故事在五峰流传很广，果然名不虚传。这个羊肉面的故事，把杜老幺的聪明、机智、外带一点狡诈的可爱可敬的人物形象，活灵活现地表现在我们面前，我们情不自禁地拍

手叫好。火坑里的火越烧越旺，他讲故事的兴致越来越高，他的话匣子一经打开，故事就如流水般倾泻出来，他接连跟我们讲了《前头的和后头的》《请老板娘子作证》《我什么时候糊涂哒》《面糊饺子》以及五峰另一个机智人物张士发的多个故事。

这次采风，收获颇丰。刘德培给我们讲的杜老幺和张士发的故事，经我们整理，都编入了后来公开出版的《杜老幺》《新笑府》《顺藤牵宝》《五峰民间故事》《中国民间故事全书·湖北·五峰卷》中。这次采访刘德掊后不久，刘德培就搬到珠珠山他女儿的家中定居了。以后，随着时间的推移，刘德培也如同珍珠一样成了国宝、大师和联合国教科文组织评定的中国十大故事家之首，获中国民间文艺最高奖山花奖。省里的、全国各地的民间文学专家、学者，省、市领导及各有关部门的头头脑脑来看望他、拜访他、采访他的人络绎不绝，经年不断，而我则成了这些人的向导，向导也几乎成为我的专利。一次次带他们上珍珠山，到刘德培家里，从王作栋调往宜都至我调往渔洋关文化分馆的十年中，我上珍珠山，去刘德培家的次数数以十计，我成了刘德培家的常客。

二

后来，刘德培也成了我家的常客。

刘德培是一个好动不安分的人。他常年在外，帮人检瓦补漏，独自走亲访友，常到县城同人们日白讲经，到商铺给家人购买生活日用品，县城里经常有他的行踪。他走街串巷，到处留有他的笑声。但他在县城的落脚点只有一处，那就是我在县文化馆的住所。

他来我家很随意，说来就来，说走就走，想住就住，只是说一声，今天不走了。他不会客套，我管吃管喝，管烟管酒，跟一家人一样。我一间客房就他住得多。当然，他也不是白来白吃白住，每次来，他都要带点礼物，有时几首歌谣，有时几则谜语，有时几条谚语、俗语，有时几个故事、笑话。这些都是他戴着两千度的近视眼镜，眼睛贴着稿纸，用圆珠笔一笔一笔、一个字一个字抄写誊正后给我带来的。上十年里，他的故事除 512 则由王作栋收录，我再转录外，他把其他各类民间文艺、民俗资料全部都抄了给我，计有民歌、民谣两千多首，谚语、俗语、歇后语两千多条，谜语一千多个，还有大量的其他民间文艺、民俗资料，不下百万字。我收下后全都交给了县文化馆档案室和刘德培资料陈列室。

他是一个毫不吝啬的人，他心甘情愿地把他的民间文化珍宝毫无保留不计报酬地贡献出来。有一次，他又来到我家，进门就说："王同志，我今天不走了，打算在你这里住几天，把我知道的民歌民谣都唱给你听，说给你听，你是个大好人，我把我知道的全都对你再唱一遍重说一遍，给你了，我才心安，也就放心了！"

我连忙说："谢谢您对我的信任。"

他说住几天，我就给他泡了茶，装了烟，去收拾房间。他原先来我家，住一两个晚上，我就让他同我上中学的儿子睡一床，可他晚上睡觉从不穿短裤，我儿子不愿意跟他住一起。后来，文化馆高家尧馆长见我经常有客住宿，就把他的三居室给了我一间，我就做客房了。他这次来，说要住几天，我就给他铺好被子。他眼睛不好，晚上去卫生间不方便，我上街去给他买回了痰盂，解小手就方便了。还给他买了一个洗澡盆和一条毛巾，供他一个人专用。接着又去割了两斤猪肉，打了一壶苞谷酒。一切安置妥当后，就让我老婆弄了几个菜，陪他喝了两杯酒，安排他早点休息。

第二天一早，他就起床了，说："王同志，我们今儿早些开工吧！"我答应说："好的，我已经给我们馆长说了，这几天专门收录您的民歌。"他哈哈一笑说："那我就来一个竹筒倒豆子，全部倒给你！"

那天天气好，我在他住的房间阳台上，放上一张小桌子，摆上了砖头式的录音机，给他泡了一杯茶，他坐下来，捋了捋花白的胡须，放开嗓子就唱了起来：

高山点灯不怕风，大江撑船不怕龙，哥要想姐不怕死，姐要想哥不怕穷，两人心思一般同。

高山顶上一丘田，郎半边来姐半边，郎的半边栽甘草，姐的半边栽黄连，半边苦来半边甜。

昨日会姐到姐家，门口碰到姐的妈，张嘴就把婶娘喊，姐在房中打哈哈，到底不敢喊亲妈！

叫声姐儿我的乖，下雪下雨也要来，我把鞋子倒穿起，脚印是去人是来，就是神仙也难猜。

桃子没得李子圆，你姐没得我姐甜，去年六月亲一口，今年六月还在甜，巴心巴肝甜三年！

他这嘴一张，话匣子一打开，就收不住了，连说带唱十多首了，我把茶杯子递给他，他才停下喝了一口茶。他的歌也真多，唱了说，说了唱，说说唱唱了三天，我记录了三百多首民歌、民谣。接着两天，他又说唱了上百首民歌、民谣，讲了很多很多传说、故事、笑话，还讲了很多很多谚语、俗语、谜语、歇后语。他真是一座珍珠山啊！

这一次他在我家住的时间最长，足足五天啊！苞谷酒喝了两三斤！每天三餐饭，餐餐有肉、有酒。我每天早上给他倒痰盂，晚上给他打洗澡水，倒洗澡水，他真成了我们家庭里的一员啊！我们屋里每天笑声不断，我们住的楼下马路上、天池河岸边常有人驻足，说："这个王永红，真是刘德培老人的孝子啊！刘德培在他家里，怎么这样开心啊!”

三

1990年末，我调到渔洋关文化分馆工作，我同刘德培来往就少了，互相就成了稀客。

来往少了，心里还是互相惦记着。

再次见面时，他已经是一嘴白胡子了。

那是一个初冬的早上，八九点钟光景，渔洋关分馆大门前院子内突然有人大喊：“王同志！王永红同志！王同志在家吗?”我一听是刘德培的声音，连忙走出去，高声回答：“刘老！刘老！我在上班，您怎么来了呀？真是稀客呀!”他还是那样，见面了，还是一阵哈哈大笑，说：“王同志呀，你到渔洋关文化分馆了，怎么就再也不去我家了?”我不迭连声说：“真是对不起您呀，如今在乡镇文化分馆，不比县里了，我想去也去不了啊!”我走近他，一把拉住他的手，说：“刘老哎，看您这脸色，听您这说话声，您是越来越精神了啊!”他连连摆手，又习惯性地捋了捋飘逸的白胡子，说：“身体差远了哪！我为了那边招我去时不迟到，趁还走得动，来看看你呀！老了，真的老了呀，没多少个初一十五了哪!”这本来有点伤感的话，从他嘴里就出来，还是那么欢快，没一点儿悲伤的感觉。我挽着他的手说：“到我屋里去坐吧，有话慢慢说。今天就在我这里住，说说心里话!”他把手连摆直摆，说：“今天就不在你这里住啦，我搭的顺风车来的，还是搭顺风车回去，我跟师傅说好了的，他两点钟来接我。我上车时，女儿女婿特别交代我，跟我说，我年岁大了，身体差了，不要在别人家里过夜，一定要早些回家呀，回家了，我们才放心哪!”我听了刘老的话，就说：“那我就不留住了，免得到时女儿女婿担心、牵挂。但您第一回到我这里来，总得喝点小酒吧!”他说：“那我就不客套啦，您就搞点小菜，喝两杯哒再走!”我把他招呼进我住的房屋里，找了点下酒菜，他一人喝了两小杯酒，我劝他多喝点，他推辞道:“不能多喝了，年岁大了，不敢多喝了。你有时候，还是到我们家去做一回客，我们俩好好喝喝!”我连连点头说:“一定去！一定去！我是应该去看看您!”没曾想到，我说的这话永远永远无法兑现了！这次见面竟成了永别！他放下酒杯说:“我又在家里抄了一大坨资料，歌谣、谜语，七股八杂的，作不作款，我都给带来了!”我接过来，全是方格稿纸抄的，大约有三四十页，都是用圆珠笔一字字、一句句、一行行、一页页抄下来的，我真不知道说什么好，八十几岁高龄的人，眼睛又高度近视，他是用心血写的呀！他对民间文艺那么执着，对我这么信任，我感动，我感激，我的泪水在眼眶里打转转，我对他肃然起敬！他是真正的国宝，真正的大师！我敬佩地望着他，半句话也说不出来！这时，载他的顺风车师傅如约而至，刘老上车，挥手告别。汽车开动，他再次挥手告别，我的泪水再也没能忍住，一下子倾泻而出。我心像被什么重重地撞击了一下，好疼好难受。

后来，他再也没来过渔洋关了，我也再没有去过珍珠山了！

再后来，2000 年 12 月 13 日，刘德培老人病故于珍珠山村家中。不知为什么，刘德培老人丧事的主事们没有通知我去送葬，没有让我再见上他一面！这成了我永远永远的遗憾！

（原载《民族大家庭》杂志 2021 年第 4 期）

往事如烟

逮　鱼

郑家河以前出鱼，滩上有，潭里有。涨水时，你在岸上，用筲箕，用撮箕，用筛子，用筛篮，能舀得到斤把重的鱼，据说有人舀到过三四斤重的呢。鱼的种类也多，白甲、花千、拐子、乌鳞、木匠、乌板、洋鱼、土鱼、黄骨头……不下十种，数量也多，个头也大，斤把重以上的鱼，一个潭里少则几十、百把条，多则数百、上千条。还有筛子大小的甲鱼、人把长的大鲵。

郑家台的人管甲鱼叫团鱼，管大鲵叫娃娃鱼。娃娃鱼像娃娃，很多人不吃娃娃鱼，说娃娃鱼是娃娃变的，吃了娃娃鱼就不生娃娃了——娃娃被自己吃了吵！

有的人专弄娃娃鱼吃，说是大补品，吃了滋补养人。娃娃鱼好吃却不好捕捉。郑家台的人弄鱼不说捕捉，他们有自己的说法，选用了一个“逮”字。会逮娃娃鱼的人极少，住在郑家河边上的人，多半没有亲自尝过娃娃鱼的味道哩。不过，郑家台却有一个会逮娃娃鱼、吃娃娃鱼吃腻了的人，此人名叫郑毛子。户口册上写的是郑茂志，那是村里学堂老师给写的。其实，毛子才是他的真名。这毛子是有点讲究的哩：毛子即猫子，郑家台取名叫猫子、狗子的极多。叫猫子的又分大猫子、小猫子、小小猫子。或者叫曾猫子、贾猫子、何猫子、史猫子等。郑家台最出名的要数郑猫子，但大伙不叫他郑猫子，而叫他水猫子。水猫子学名叫“水獭”，本是一种水陆两栖动物，它机灵、凶狠、行动敏捷，以捕食鱼类为生，是鱼类的天敌，最擅长水中活动。人们把郑猫子唤作水猫子，一听这名儿便可知其水性好，忒能捕鱼。水猫子四十上下年纪，人壮实，也精神。

说起水猫子的水性，好到在整个郑家台找不出第二个人来。他会泅水，泅拉弓（蛙泳）像箭离弦，泅插花（自由泳）不带一点儿水星子，仰游可以不动四肢，踩水水只漫齐腰间。

他家门前有一个潭，叫长潭，四五十丈长，一二十丈宽，深不见底，黑沉沉，阴森森，好多会水的都望而生畏，望而却步。水猫子他不怕，他扎下水去，可以绕长潭一圈。出得水来，脸不红，心不跳，气不喘，有人说他能在水里换气。这本来是恭奉他的，可他却不高不低蹦出一句话：你下去换给我看看。谁也不敢下去。

他的功夫是从他老子那里学来的。他七岁独闯长潭。他看见他老子在水里来回自由如履平地，他想跟他老子一样做个水中仙。他每天跟着老子下河去，开始在沙滩上或在潭岸边，手撑在石头上练习；后来就扑在水里，仰着头，双腿乱弹——水花四溅，他觉得怪有趣的。

老子喜欢儿子跟着他一样迷上这郑家河。不错，是老子的种，他竟当着儿子的面这样说。得亏儿子还小，还没有意会到这话里头的刁钻味儿。

盛夏的一天，没一丝儿风，天气怪热。天上的云都怕热，逃得无影无踪了。大地像蒸笼，闷热得喘不过气来。好多好多人都下郑家河去洗澡，水猫子去了，他老子、他老娘也去了，男人都去了。不少女人坐在水边石头上，双腿浸在水里，瞧自个儿映在水里的人影儿。男人们则一丝不挂，赤条条在水里追逐嬉戏，还有的人仰浮在水面上比撒尿，看谁撒得高，看谁撒得远，撒尿的那东西傲然挺立，喷射出细细的水柱，那东西一摆一摆的，在水面上进行着一场别开生面的、生机勃勃的比赛，女人们看见了不遮不避，盯着看，还吃吃地傻笑呢。

水猫子的老子又显手段了。他搂着儿子，下了长潭，踩着水，时不时把儿子举过头顶，他却半截身子在水面上，像跳舞一样，甩着膀子扭着腰，看得见他的肚脐眼儿，看得见他撒尿的那东西在不停地摆动，岸上的人看呆了，女人们脸红了。

踩着踩着，他突然把儿子举过头顶旋转一圈，岸上的人齐声叫好。他兴奋异常，在水中打着旋，转着圈圈，就像跳着节拍快捷的现代舞，飞溅的水花，让人眼花缭乱，在人们欢呼雀跃声中，他用手掌托起儿子。然后，高高举过头顶，儿子惊喜地欢呼。突然，他把儿子扔了出去，扔得好远好远。儿子一下沉入水底，一串气泡从水里冒出，岸上的人慌了，狂呼乱叫，儿子的娘在岸上大蹦大跳大吵大骂，你个狗日的，你个遭千刀万剐的，你个遭雷打火烧的，你个不得好死的，你还我的儿子来，你还我的儿子来呀！她哭着骂着朝水里冲，被人们使劲地拉住了。水猫子的老子却在水里哈哈大笑，接着一个猛子扎下去，把儿子托出水面，儿子愣愣的，想哭，但忍着没哭。

有种，这才是我的儿子！他对儿子这样说。怕不？他问儿子，儿子点点头，又摇摇头，他一拍儿子的屁股，哈哈笑了。像老子的样儿，是老子的种！他又对儿子这样说。说完，就一把抱住儿子，对儿子一阵猛亲，亲得儿子快呼不出气来了。娘在岸上叫，叫他把儿子送上岸来。

让他自己上去吧！他说完，又一下扎进水底，把儿子撂在河中间，儿子在水面上，手乱划，脚乱弹，居然浮在水面不沉了，居然往岸边游过来了。

娘笑了。岸上的人也都笑了。老子笑着游过来，把儿子送上岸，塞进娘怀里，儿子双手箍着娘的颈项说，我会泅水了！我会泅水了！

说完，眼睛里滚出了晶莹的泪珠子。

从此之后，水猫子爱上了郑家河，迷上了郑家河，与郑家河结下了不解之缘——无论是盛夏酷暑，还是天寒地冻，他都泡在郑家河里，日日，月月，年年，他老子除了当爹，就是当他师傅，水上功夫，水下手段，他都一一学到了手。有一天，他老子拿着十个铜钱，那铜钱磨得金黄锃亮。老子对儿子说，我把这十个铜钱扔进长潭，我俩同时扎猛子下去捞，看谁捞的个数多，就算谁赢。儿子点头，没有半点犹豫。儿子与老子同时扎进长潭，同时浮出水面，儿子高举着手里的铜钱说，我捞到了五个，爹你呢？老子说，我比你少一个，算你赢了。儿子说，不，潭里还有一个铜钱，我要去把它捞上来。他一个猛子扎下去，好久好久不见儿子冒出头来。老子慌了，急忙往潭里扑，正在这时，儿子浮出了水面，手里高举着那个金光闪闪的铜钱，脸上堆满了笑，一副胜利者的姿态。老子飞扑过去，一把抱住儿子，大声说，老子英雄儿好汉，你比老子更英雄！又一年冬天，寒风刺骨，冰雪盖地，漫天大雪飞舞，人们穿着厚厚的棉袄棉裤，烤着熊熊燃烧的柴火，不敢跨出大门一步。儿子心血来潮，突发奇想，居然要同老子下长潭比游泳，这可真是一奇招一绝招啊！老子又不是那种软蛋的角色，哪能不应战呢？就一同跑到长潭，扯去身上的棉衣棉裤，飞身跃进长潭里，一同绕长潭游了八圈，老子受不住了，上了岸。儿子又畅游了八圈。上岸时，背脊上已落满了厚厚一层雪，远看就像他穿着洁白洁白的衣衫哪。两人对决勇者胜。儿子问老子，怎么样啊？老子打着寒战说，我输了！

老子教儿子学会了逮鱼。儿子居然要同老子再比高低：两人同时下水看谁先逮到鱼。初生牛犊真的不怕虎呀！说比就比，老子还真怕儿子不成。

俩爷子同时下水，同时看到一条白甲鱼钻进了花水中的一个岩洞。俩爷子面对面同时把手伸进洞里，老子抓住了鱼头，儿子抓住了鱼尾。老子要儿子松手，儿子要老子松手。儿子老子都不松手，两人同时一用力，活趔趔的鱼扯成了大小两截，出水时，老子拿着鱼头，儿子拿着鱼身。不用拿上岸用秤称，老子 1 斤不到，儿子 3 斤有余，老子输了！老子嘿嘿对儿子笑着说：有种！老子真的认输了！郑家河再没有你的上手了！儿子功夫到家了。

老子乘鹤西去了。娘老了。老娘眼瞎了。水猫子靠逮鱼为生，靠逮鱼养活老娘，他卖鱼买盐，卖鱼买粮，卖鱼买布。他还卖鱼攒钱娶进了媳妇，郑家台人不叫娶媳妇叫弄堂客。

堂客弄进屋了，老娘寿终正寝了。他和堂客撑起了一个家。他把儿子送进了高中。有了钱，什么事不好办呢？他还要把儿子送进大学哩。

水猫子有钱！水猫子的钱库在郑家河里。水猫子的菜园子也在郑家河里。他家里来了客，不论稀客、常客，也不论近客、远客，鱼可以任你吃，吃好吃饱，而且是活鱼，鲜鱼。客来了，他叫堂客把灶里火架起，锅里汤烧起，油盐花椒备起，吩咐完，他就下河去了。锅里汤还没煮开，他就把大条大条的活鱼提了回来，他拿起刀往鱼肚子上一划，三两下把肠肚取出来在清水里几摆，就往锅里丢。鱼下锅时，还张嘴眨眼摇头摆尾哩。鱼在锅里打几个翻身，捞上来，端上桌子，那鱼嫩嫩生生，色鲜味美，满屋香气弥漫，使人食欲顿生，过路人都会停住脚步流下馋涎哪。

后来，郑家河的下游渔清河，筑起拦河大坝，建起了水电站，长江、清江的鱼上不来了。鱼少了，逮鱼的人却多了。逮鱼的工具和方法也现代化了：网、毒、炸、电。郑家河里的鱼在劫难逃家毁族灭断子绝孙了。

郑家台的人着急。着急也没用，不吃鱼还不是照样过日子呀！水猫子不着急，他发现团鱼、娃娃鱼的命特别长，还特别警觉，它们躲在深潭的岩洞中，很安全。它们不轻易出来，除非饿了。饿了，也多在半夜三更才出来觅食。神不知鬼不觉的。

水猫子比神鬼还精灵，他发觉了郑家河的奥秘。娃娃鱼靠吃各种小鱼生活。现在没鱼可吃了，常常处于饥饿状态。

饥不择食，那鱼钩上的鱼饵，一坨一坨，有些腐臭气味飘散，诱惑鱼儿们张口，把腐肉包裹着的铁钩一下子吞进了肚里，娃娃鱼自然成了水猫子嘴里的美味佳肴。

水猫子不知吃了多少娃娃鱼。水猫子也不知给亲戚朋友送了多少娃娃鱼。水猫子成了娃娃鱼的克星。他逮娃娃鱼的手段传到了县里。县招待所所长慕名而来，相见恨晚，一见如故，一拍即合。很快签了一纸合同：县招待所所需娃娃鱼，由水猫子独家供给。君子约定：招待所在价格上给水猫子优惠，水猫子的娃娃鱼绝不给第二家，而且保证按需供应。双方恪守信用，谁违约重罚谁。

从此，娃娃鱼走俏了。娃娃鱼的价格飞涨。水猫子屋里的票子骤增。水猫子卖娃娃鱼发了财，万元户？几十万元户？没人知道，没人调查。县里也不好调查。明文规定，娃娃鱼是国家保护的珍稀动物，任何人不准捕捉不准贩卖不准食用。还有报纸登了国家大头头儿不吃娃娃鱼的事儿，他带头不吃，还有谁敢再瞎吃乱吃呢？敢吃的人多着呢，山高皇帝远哪。

水猫子深知，他一条娃娃鱼送到县里，就给县里增加一笔财富。他看出了这里面的名堂、其中的奥妙，上面来的人，只要是有钱的，有权的，县招待所都离不开水猫子的娃娃鱼，外面的人不迷信，根本不管娃娃鱼是不是娃娃变的，只要好吃，管什么娃娃不娃娃呢。他们一尝，嗨，味道不错，比山珍，比海味都好，那些东西他们都吃腻了。娃娃鱼这东西才吃过，才尝到新，尝新三年不老。据说吃娃娃鱼可延年益寿，还据说吃娃娃鱼可以防癌治癌。既然有如此妙用，何乐而不吃呢？当然，他们不会白吃，都会有所表示的，而且是十万、数十万乃至数百万地对县里进行项目上的表示。嘴一张，笔一划，大笔大笔的钞票就进了县里的账。

水猫子的贡献、功劳还算小吗？

然而没有人给他唱赞歌，没有人敢给他唱赞歌，他没上过广播，没上过报纸，没上过电视，似乎连黑板报都没上过。他只认钱，没什么东西比钱好，只要有钱，他心甘情愿当他的无名英雄。

这不，县招待所又给郑家台挂了电话，要水猫子逮一条又大又肥的娃娃鱼，还要活的，先观赏再品尝。明天上午送县招待所。事关重大，不得有误，按时送到，加价百分之二十。误了事，重罚！

县招待所领导知道，郑家河里的娃娃鱼被水猫子逮得所剩无几了，县内其他河里又没有娃娃鱼，可以说这娃娃鱼是水猫子独家经营。加之市场上样样提价，不给娃娃鱼提价更说不过去，况且，加百分之十的价，就有百分之百的保险，何况加了百分之二十的价呢？

水猫子知道，既然县里来了电话，而且是加急电话，那是没有价钱可讲的。当初订的那合同，可不是闹着玩的呀！再说，他也不能失信于人。他不能丢这个脸面，他说一个人丢了脸面，就一钱不值，就狗屁不如。可郑家河里的娃娃鱼已被自己逮得差不多了，怎么办呢？

他只有一条路，去闯棺材石。棺材石是一个大且深的潭。因潭中有块天然生成活像棺材的巨石，故名棺材石潭。棺材石潭叫起来不顺口，就简而称之棺材石——在长潭之上约三里远近。

棺材石出娃娃鱼，还出大娃娃鱼。有一年涨大水，棺材石上爬满了大大小小的娃娃鱼，那些娃娃鱼时而在棺材石上横冲直撞，时而在棺材石潭中追逐嬉戏，人们吆喝呼叫，它们毫无感觉似的，不理不睬，悠闲自在，像在向人们示威、向人们挑战一般。但没有人敢到那里去逮，那地方太险。潭的两边峭壁跟刀削斧劈出来的一般。潭的出口好比一个坛子口，把水拦住流不出去，潭里黑沉沉、阴森森，整日的阴风惨惨，有人危言耸听：棺材石出活鬼！棺材石潭上潭下滩陡水急，流水像打雷，让人惊心动魄，使人心惊肉跳。据老辈子说，棺材石下有大洞，叫鱼母洞，其大无比，其深无比，一直延伸到潭边峭壁之中大山之下。又据说，棺材石潭的鱼母洞里有红娃娃鱼，还有哪个朝代的王爷为躲避灭门之祸而潜入鱼母洞留下的宝物，在外面可以卖大价钱。还据说，很多年以前，来了两个探险寻宝的外地人，说是那位王爷的后代，来找回祖上的宝藏。他们大言曾漂过洋过过海，怕什么这小小的棺材石！结果呢，小河里翻了船，他们下了棺材石再没上来。这证实了当地一句歇后语：棺材石里去寻宝——有去无回。

那两个外地人在棺材石潭里失踪不久，水猫子他老子竟然决定去闯棺材石。他说，那两个外地人为什么就无影无踪了呢？淹死了也该露出尸体呀！鱼吃了肉也该有骨头呀！未必这潭里真有什么秘密！他想弄个水清明白，他要弄个水清明白，对那两个外地人家属也有个交代！人家是在我们这里失踪的，不搞个水清明白，我们就有申辩不清说不脱胡的嫌疑，他对家人说，我要去闯棺材石！家人齐声反对，一千个不答应，一万个不答应，斩钉截铁两个字：不行！他娘老子骂他发疯了，说他得了精神病，说他是自寻死路。他妻子更是大吵大闹，呼天抢地，拼死不让他去。他妻子，他家人都明白，他定了的事，九条黄牛拉不回，八抬大轿抬不走。妻子哭泣着做了一桌酒菜，全家人在一起为他饯行，千叮咛，万嘱咐，要他小心小心再小心，早去早回，我们这一家子的心都系在你身上了呀！他一口气喝了八大杯酒，告别父母，告别妻子，告别全家人。

他的妻子，他的家人把他送到棺材石潭边，他吻了妻子，跪在父母面前，磕了三个响头，然后起来，抹了抹额头上磕出的鲜血，头也不回地走向潭里，一个猛子扎下去，只见一串水泡冒出，就不见人影了。他扎下潭底，果然看见一个洞口，像道石门，他憋着气，进了石门。进石门后，果真别有洞天，从石门透进的微弱亮光里，他感觉到石门内是一个看不到尽头的地下洞穴，是一个其大无比的地下湖，有水，有陆地。他爬上陆地，手脚在水里泡着，他感觉到成群结队的鱼群撞击他，用嘴啃他的手脚，他一下知道了那两个外地人失踪了的答案！也明白了鱼母洞的由来。他连忙从水里收回手脚，坐在陆地上，什么也看不见，分不清东西南北，听得到水里鱼群游动的声音，他再也不敢下水了，他再下水，鱼群岂不是要生吞活剥了他！他没了退路，他有点后悔了，后悔没听妻子的话，后悔没听家人的劝阻。然而，他知道后悔已经迟了，后悔没什么用！后悔什么？为什么后悔！他狠狠骂了一句混蛋！开弓没有回头箭，堂堂男子汉吃什么后悔药！他站起身来，小心翼翼，攀岩爬行。也真巧，那崖壁上居然有条人行道，他突然想到，在哪朝哪代，一定有人来过，说这里藏宝恐怕不是空穴来风，恐怕不仅仅是传说。但他无灯无火，这洞里到底是个什么样子，到底有没有宝物，他看不清楚，终究无法定论。他手脚着地，慢慢爬行，不知爬行了多久，也不知爬行了多少路程，他无法辨别日夜，也无法断定时间长短，只是隐隐约约觉得绝非一日两日了。他只觉得肚子饿了，感觉到有多天没有进食了，他一点儿力气都没有了，真正精疲力竭了。他真想停止前进，真想好好睡一觉，但他知道，不能停止前进，不能丧失信心，不能睡觉，睡过去了也许就永远不会再醒过来！他仍然艰难地爬行着，爬行着。他也真是福大命大，他看见了远处透过来一丝亮光。看见了亮光，他就看见了希望。这也许是天意吧，他自言自语道：我阳寿未尽，命不该绝呀！他朝着亮光，一步一步地爬过去，他爬到了透进亮光的地方，他爬出透着亮光的洞口。放眼一看，那是棺材石潭边一座山上后半山腰的一个岩洞。那是他再熟悉不过了的地方，只是他原来不曾进过这个石洞。此洞藏宝绝非虚，他突然冒出这个念头，他打算再约上几个人，从这个洞口进去，再探一次宝。

他爬出岩洞，走下山来，终于回到了家！他一走进家门，全家人一齐拥向他，拥抱住他，他们才真正体会到什么叫生离死别、生死重逢呀！他妻子抹着眼泪说，已经三天三夜了呀！三天三夜，我们没进口一粒米，没闭过一会眼哪！他出洞的第三天，那洞里轰轰隆隆响了三天三夜，人们成群结队络绎不绝来看稀奇。第四天早上，人们再到这里时，棺材石潭边那座山竟坍塌陷下去了。从大山崩陷的裂缝里弥漫出来的腐臭气味整整延续了好几个月！好端端的一座山为什么会崩塌陷落呢？有人说是河神发怒，有人说是龙王发威，他们不能容忍世人发现这洞中的秘密，不能让世人把洞中的宝物弄了出去，因而就毁了它！这虽不可信，这山到底为什么会陷落，自然有它的道理和缘由，只是任何臆断都显得理由不足。只是水猫子的老子，想起来就后怕，他说那是神灵的警告呀！你只想啊，那潭里棺材石不就是神灵设置的吗？活人遇到了棺材还能不却步吗？还能自已往棺材里钻吗？那可是神灵的良苦用心啦！可我却鬼迷心窍，硬是到阎王殿里去了一回，鬼门关上走了一遭啦！他再也不敢朝棺材石潭正眼相望了，还有谁敢去闯棺材石呀！

水猫子他却不信这个邪。他决心去闯了。他说，棺材石真是鬼门关，也要去闯一下，他说，哪有活人怕死鬼的呀！

他说到做到。那是一个月明星稀的夜晚，他一人来到棺材石，他在峭壁上拴了一根棕绳子。他带着鱼钩从棕绳上滑了下去。然后游到棺材石上。然后把鱼钩下到棺材石潭里。然后就回家了。

棺材石没有什么可怕的，等着大娃娃鱼上我的钩吧！他对堂客夸口说。

他是多么自信啦！也不怪他自信，他逮鱼还没失手过，他是真正的水猫子。还有的说得更奇更神，说他识鱼性知鱼音，听得懂鱼的话语，他同鱼讲话，引诱呼叫鱼上钩，郑家河里的鱼都听他的呼叫听他的调遣。

棺材石没什么了不起！他充满自信蛮有把握地自言自语。他要从棺材石逮回大娃娃鱼，让人眼红，让人忌妒，让人说三道四，让人无可奈何。

他的自信不是没有道理的。他手上有绝招，他那鱼饵，有种引诱娃娃鱼上钩的特殊气味。那东西是什么制成的，任你呼、哄、诱、诈，他都守口如瓶，不吐一字。有人在他放鱼钩的地方放下同样鱼饵，娃娃鱼就只上他的钩，你说气人不气人！

可以放心大胆地睡觉了。他想：说不定钩上一条几十斤上百斤重的大娃娃鱼，送到县里，无疑又是一大功劳，无疑又可换到一大把票子。

他好兴奋，一上床就一把搂住了堂客，双手揪住了堂客的两只大乳房，说，这东西哪这么柔柔软软，滑滑溜溜的，像两坨娃娃鱼呀！看上一眼，就感觉到香，感觉到甜，就让人流口水！……事过之后，他就滚到一边睡着了，刹那间鼾声大震，震得床架子响。不多会，他一阵哈哈大笑，把堂客惊醒了，他身上的被子早被蹬下了床，堂客推醒他，问他梦见了什么鬼，像疯子，他却说堂客是疯子，疯走了他的好梦，好大一条娃娃鱼呀，眼看就要逮住了，你他妈的鬼号什么，把娃娃鱼吓跑了，唉，太可惜了呀！说罢，一个翻身又睡着了，做他的好梦去了。那一夜的梦好香好长，鼾声哈哈声此起彼伏，接连不断。他的梦骚扰得堂客睡不着觉，只好躲避到另一间屋里去睡了。他一觉醒来，天已大亮，他急忙披衣起了床，拉开门一看，哎呀，不好，天变了！

黑云。狂风。他连忙找一个斗笠戴上，直奔棺材石。他跑了起来。一个炸雷在他头顶上空轰响，他不敢动步了。

然而，他想到了县里来的电话，想到了合同。不能停步，没有退路。不能让人看笑话，水猫子不是让人看笑话的角色。

瓢泼大雨，像是天河决了堤。郑家河里涨水了。他跑。没命地飞跑。跑到棺材石边，他已没有一点儿力气了。他想歇会儿，但却没时间歇了，耽误一秒，水涨一分，危险就增加一分。他紧紧抓住棕绳滑下去，游到了棺材石上，他一屁股坐到棺材石上面，喘着粗气听任雨淋。暴雨倾盆打得他身上好疼。

他喘了口气，急急走到棺材石边，看到河里水往上涨，他慌忙抓起拴鱼钩的线麻绳往上提。哎呀，好重！沉甸甸的。用力提，还是没提动。到底钩到了一个大家伙！他心里一喜。

鱼上钩了，他来劲了，用双手抓紧线麻绳，猛地用力一提，钩着的娃娃鱼一下子冒出了水面，哎呀！是一条红娃娃鱼呀！他差一点喊出声来，笑出声来，好大的一条红娃娃鱼呀，怕有一人多长哟！

他一阵狂喜，逮了一生的鱼，还没有见过这么大的娃娃鱼，而且还是一条红色娃娃鱼。运气来了，财喜到了，活该我发财！他暗自庆幸，眼里冒出兴奋的火焰，皱巴巴的脸上顿时舒展开来，泛出红光，双拳紧握，就像卡住了娃娃鱼的脖子一样使劲用力，他鼻子嘴巴不住地翕动着，贪婪地大口大口地吸着别人无法感受到的娃娃鱼的气息，浑身涌流着极为惬意极为开心的快感。

然而，那娃娃鱼冒了一下头，兀地一挣扎，水猫子猝不及防，手一松，娃娃鱼又一下子沉入潭里去了。

水飞快地上涨。他急了，把娃娃鱼使劲往上提，提不动，往右拉，拉不动，往左拉，也拉不动。手都拉疼了，娃娃鱼就是拉不动。

水继续飞快地上涨着。棺材石成了一个孤岛。浪往岛上涌，一浪高过一浪，汹涌的洪水中，一棵棵大树连根带枝从水猫子身边一晃而过，数不清的老南瓜、嫩苞谷、死猪子、活羊子在水中漂流着，相互碰撞着，撞击声、破裂声、洪水咆哮声、牲畜哀号声，此起彼伏，惊心动魄。水猫子临危不惧，挺立在棺材石上，突然，一个黑黝黝的东西从上游漂流而下，转眼间就流到了他面前，一看，是一副黑漆棺材，不偏不倚，直冲棺材石，横在棺材石边，他心中一惊，马上又镇静下来，奋力将棺材推入洪水中，让洪水卷走，他长长吁了一口气，哼，这也吓得住我？他又不屑一顾地瞥了一眼冲得老远的黑棺材，喝骂一声：妈的，见鬼去吧！

此时此刻，他心中只有那条红娃娃鱼，决心要逮住那条大红娃娃鱼。然而，那条大红娃娃鱼不肯束手就擒不肯坐以待毙，钻进洞里去了，水猫子也不甘心就此罢休，他不能让快到手头的财喜又跑掉，他不能容许自己有失败的记录。

怎么办呢，那条红娃娃鱼肯定沉下水底钻进洞里去了，扎猛子下水去把它拉出洞来，那太危险太冒险了，这滔滔洪水中，怎么辨得清东西南北？在这样的洪水中，下棺材石，无疑是闯一次鬼门关！一想到那庞然大物，想到那两个下棺材石没有生还的外地人，想到他老子闯棺材石的出生入死，丢魂失魄，他心里有点儿心虚了，有点儿胆怯了。

妈的，城里又来了个什么人物！什么东西不好吃，偏偏要吃屁的娃娃鱼？不吃是死呀！娃娃鱼未必是长生不老药啊！

棺材石在漫水了。日他妈，拼了命了！他把身上的衣裳扯了个精光，扔进洪水中，他像一尊古铜铸成的雕像，伟岸挺拔，迎风搏雨，他浑身上下那一坨坨一块块的肌肉在剧烈抖动。

他眼红了，脸黑了。扑通，他像一尊铜像坠入水中，沉入水底，浑浊的河水呛得他鼻子发酸，眼睛发涩，胸口发闷，他强忍着，他闭着眼睛顺着线麻绳往下摸。好大的洞呀，他爬进去了，好不容易摸到了那滑滑溜溜的东西。他从头摸到尾，又从尾摸到头，那东西一动也不动。哼，你想赖在洞里不出去呀，你就打错了主意啦，这就由不得你了！我是谁，你不知道？水猫子！既然撞到我手里了，就乖乖地等死吧！就没你的活路啦！

他要把娃娃鱼赶出洞。娃娃鱼犟在洞里不出来。水猫子在水里憋急了，一下子揪住锁在线麻绳上的铁钩，拼命往外拉，娃娃鱼暴怒了，猛的一口咬着了水猫子的手，冲出了洞口，水猫子只觉得他的手像被绞进了正在旋转的圆盘锯中，顿如乱箭穿心，他强忍着痛，用左手紧握铁钩，使尽力气在娃娃鱼口中旋转一周，娃娃鱼护疼，终于松开了口。水猫子一下子蹿出水面，抬起受伤的手一看，妈呀，那是一只什么手呀！五个手指白骨烂肉、血肉模糊！他感到钻心似的疼痛，十指连心哪！他挣扎着爬上棺材石，一点儿力气也没有了，他瘫在棺材石上，洪水漫上了他的身，他一动也不动。他不想动了，他没有力气动了，他想就这样泡在水里。

突然，他像听到了什么声音。水猫子输了！水猫子没逮到娃娃鱼！水猫子再也逮不到娃娃鱼了！他听到有人在讥笑他嘲讽他蔑视他。什么？我输了？谁说的？屁话！我水猫子什么时候输过？没有，从来没有！我水猫子没有输的时候！他用力支撑着身子抬起头睁开眼，真是万幸，线麻绳还套在手腕上。决不能让那条大红娃娃鱼逃走了！不逮住它，我就枉叫水猫子！他从心里发出呼喊，他脑子这么想了一下，就又躺在棺材石上，什么也不知道了。

哗——哗——

郑家河上游的洪峰狂奔而下，铺天盖地，棺材石一下没了踪影，水猫子被浪峰高高举起，扔进波谷之中，当他再次从浪峰中冒出来时，眼见一条红娃娃鱼在浪峰波谷中翻腾搏击，他也被线麻绳牵引着不由自主地随波逐流。他闭上眼睛，大叫一声："啊……"

水猫子命大，他没有死。水猫子真要淹死了，那又算什么水猫子呢？那就不如他的老子了。有其父，必有其子，水猫子得到老子的严教真传，加上自我刻苦修炼，水里功夫炉火纯青，青出于蓝胜于蓝了，郑家河里没有他的上手了。他怎么会被洪水淹死呢？

不过，那百年未遇的洪水，水猫子也无能为力力不从心了。当他在波谷浪峰中几起几落后，就已不辨东西不识南北不知生死了。

不知过了多久，他才醒过来。当时，他只觉得脑子发胀快要炸裂，心里像有无数把刀子在里面搅动，身子骨像散了架，遍体鳞伤，伤口里像抹了盐，刀子剐一样疼。

他想动动不了。我这是躺在哪里呀？他用力睁开眼睛，什么也看不清，就像阴历三十的夜晚一样，一片漆黑，是眼睛瞎了吗？他不禁暗自悲伤起来，眼睛没用了，今后怎么逮鱼呀！水猫子不就变成旱鸭子啦！逮不好鱼了，堂客谁来养呀？儿子谁来送他上大学呀？

他不死心，不相信自己的眼睛真瞎了，他费力地扭动脑袋，前后左右看，还是什么也看不见，眼睛真瞎了吗？他的泪水不由得涌了出来。老天爷呀，你也瞎了眼哪？没了眼睛，还有我水猫子的活路吗？

他躺着一动也不动了。他脑袋里一片混沌，一片空白。他拼力回想，我这还是在人世间吗？想作出回答，但脑袋里像塞满了乱麻，乱糟糟的，没有一点儿头绪。他还听见洪水在轰响在咆哮在奔腾，脑袋里像洪水在涌进在奔流在冲刷，整个身子像在洪水中漂流着翻滚着撞击着。他甚至觉得血管里流的不是血而是洪水是泥浆，五脏六腑都灌满了洪水和泥浆。要不，脑袋怎么这样胀这样重？身子也怎么这样重这样疼呢？

他闭上眼睛，什么也不愿想了，只想静静地躺着，永远永远地躺着。真见鬼！你越不愿意去想，大脑却偏偏要去想，偏偏要去想那丧魂失魄的一幕：洪峰来时，套在手腕上的线麻绳被什么东西带动，把他一下子扯进洪水之中，顷刻间，他感到完了！他感到自己已经进了鬼门关，进了黑天黑地的冥府世界，那是怎样惊心动魄的一幕啊！鬼使神差，越想越后怕。

他极力控制自己把握自己，努力去想别的事情，他想到了那条娃娃鱼，那条大红娃娃鱼，那条被他钩住了的大红娃娃鱼。

那条大红娃娃鱼好大哟！那么大的家伙怎么还是叫娃娃鱼呢！名实不符嘛！就不能叫它大人鱼呀！就叫巨人鱼也行嘛！他不禁为自己的奇思怪想苦笑了一下。我逮了一生的鱼，还没逮到过这么大的娃娃鱼呀，简直是娃娃鱼之王！

可他妈老天爷不凑趣，不打凑合。下那么大的雨，迟不下，早不下，偏偏在我需要娃娃鱼的时候下，偏偏在我钩住了娃娃鱼的时候下。而且，雨一下就那么大，百年不遇，老子的老子都没见过！老天爷呀，想必你也是眼红我忌妒我呀！

他想坐起来，他吃力地伸出左手，想用左手支起身子。他用了很大力气，没能支撑起身子来，他失望了，无可奈何地缩回了手。就在他缩回手的时候，触摸到了一个柔软滑腻的东西。这是什么东西，软绵绵黏糊糊滑溜溜！

是娃娃鱼！只有娃娃鱼才这么软绵绵黏糊糊滑溜溜的！他身子不由自主地抖动了一下，突然，眼睛也一下子亮了起来。他看清了，一条红色的大娃娃鱼就僵卧在身边。娃娃鱼的嘴张得大大的，张开的嘴里流着血。血水泡住了娃娃鱼的身子，也泡住了水猫子的身子，这不就是我钩住了的那条娃娃鱼吗？也是这么大，也是这么红。

一看到那条娃娃鱼，他眼里就冒火，心里就冒烟，真恨不得一口活吞了它。嚼碎了它的骨头也不解恨！

哼，你还没逃走呀？你到底逃不出我的手板心哪！看我怎么收拾你吧！他恨恨地在心里说，身子却动弹不得。他想伸手去抓那条娃娃鱼，一次次地努力都失败了，手没能伸出去。他实实在在没有一点儿力气了，只好那么躺着。他感到痛苦极了，他不甘心哪，大滴大滴的泪水成串成串地涌了出来。

他就那么躺着，看到雨停了，看到云散了，看到天蓝了，看到太阳从天顶走到了西边天上，太阳的万道金光洒在他和娃娃鱼身上，洒遍了他和娃娃鱼的全身，血红得耀眼，他和娃娃鱼全身红得耀眼，天地间一片通红，红得耀眼，世界一片金光灿烂。他也因而清醒了许多。

他忽然想到，我怎么会躺在这里呢？躺在这河岸边上了呢？我不是被洪水卷走了吞没了吗？那么大的洪水，铺天盖地而来，惊天动地而过，洪水轰隆声呼啸声犹如雷霆万钧山崩地裂天塌地陷，我水猫子再厉害，也身不由已无能为力了，只有当淹死鬼了。可是我却九死一生大难不死，仍然活着。

他再一次艰难地抬起头，很艰难地睁开眼，仔细一看，自己躺在一块柳树林中的乱石堆里。这不是回龙套吗？他又仔细看了看，心里说，是回龙套，就是那个为根治黄龙为害的道士献身的地方。水猫子还是孩提时，他老子在回龙套里栽上了上百棵柳树，这些柳树现在都人把箍粗了，保住了水土，保住了道路，保住了道士坟，老子真是功德无量啊！得亏老子栽了这片柳树，我也才保住了性命。可我又是怎么进到这柳树林中的呢？上天保佑！

上天保佑？我从来没有相信过上天。上天给过我什么好处呀？我的一切都是靠自己的双手，靠自己的心计，靠自己的勤劳，靠自己的血汗挣来的换来的。但他老子在世时，年年都要祭祀河神，虔诚至极，上天可鉴！水猫子只觉得好笑，笑他老子一边虔诚地祭祀河神，一边又凶狠地捕捉它的水族同胞，这不有点滑稽可笑吗？这不是自欺欺人吗?

其实，他也晓得他老子原先不是这样的。郑家河上下，郑家河两岸，甚至在这个公社，在这个区，在这个县，很多很多人，都晓得他老子的水里功夫，敬佩他仰慕他赞扬他，有的说他是浪里白条转世，有的说他是水族精灵再生，还有的说他是鱼神投胎，把他说得神乎其神，他虽名震遐迩，威名远扬，却有着菩萨般的心肠。他虽喜欢游泳、潜水、搏风斗浪，却从不逮鱼，也不吃鱼。人们也因此更相信他是水族同类投胎转世的传言了，人间同根不相煎，水里同族不相食嘛！就是在三年大灾难之后饥馑难熬的日子里，人们都偷偷地从河里逮鱼回家，无盐无油，将鱼清水煮了充饥，他家里也做过多回清水鱼，他却没尝一口鱼肉，没喝过一口鱼汤，家人硬要他尝尝，他尝了一口，这一口，就让他翻胃，就呕吐，就搜肠刮肚地吐，真是天生的吃鱼过敏症!

谁知清水煮鱼的事让大队的领导们知道了，把这当作阶级斗争的新动向，大会小会批，开起高音喇叭批，说这是社会主义同资本主义两条道路的斗争，是损公肥私，是挖社会主义的墙脚，说河是集体的河，鱼是集体的鱼，社员个人无权去逮，只能由集体去逮，由大队去逮。于是，大队成立了渔业队，渔业队实质上就是逮鱼队。逮的鱼，一律交给大队，一律卖给国家，卖的钱，一律归大队所有。大队的领导还说，谁私自下河逮鱼，谁就是破坏集体经济。那时人胆小，鸡蛋绝不敢碰石头，所以身在河边不吃鱼！渔业队成立，谁当队长？大队书记、大队长都是旱鸭子，下水如秤砣，大队会计是个老头，大队出纳又是个女流之辈，大队部里选不出这样的人才。最后大队领导在一起开会，讨论研究，决定任命水猫子的老子担任渔业队队长，系大队直属单位，归大队垂直领导，他本不想干，不愿干，大队领导们非要他干不可，说是为人民服务，为发展社会主义集体经济，不允许讨价还价，不想干也得干，不愿干也得干，而且只能干好，不能干坏，卖鱼的钱一分一文都要交给大队。渔业队的人报酬年终按大队干部挂靠工分参加分配。他只好硬着头皮走马上任了。

所谓渔业队，其实就五个人，三张隔网，一部撒网。他带领他的队员们，在郑家河里展开了对鱼的围剿，他们打的是道道地地的游击战，哪里有鱼就在哪里逮，哪里鱼多就在哪里逮。他们逮鱼是逮大的，大的也只逮公的。半年来，他和他的战友们并肩作战，全都熟练掌握了逮鱼的技巧技术，琢磨透了鱼的生活规律。他本人经过半年的磨炼，以河为家，以逮鱼为生，在鱼堆里摸爬滚打，在鱼堆里吃饭睡觉，久而久之，终于治愈了吃鱼过敏症。然而，大队领导们却极不满意他们的战果，批他们保守，批他们右倾，批他们没鼓足干劲、力争上游、多快好省去逮鱼！大队书记说，只要是鱼就要逮，公鸡母鸡都是鸡，鳝鱼泥鳅都是鱼，我们要的是产量，不管大小公母！

大队领导们把他们集中起来学习讨论，挖潜力，订措施，鼓干劲，争上游，讨论来，讨论去，大队书记最后一锤定音拍板定案：开展大决战，大打歼灭战，打一次人民战争，放一次闹！他还强调指出，要大闹，特闹，下猛药，一次战斗解决大问题！他安排渔业队分开行动，把附近几个大队卫生室的巴豆都搞来，要搞到四十斤！四十斤？有人说，那太猛了吧，我们这郑家河用二十斤巴豆足够了。四十斤，那螃蟹虾虾都会绝种的啦！大队书记说，闹绝就闹绝，我们这里闹绝了，上游有下来的，下游有上来的，怕什么！不能心慈手软，不能前怕狼后怕虎，不能婆婆妈妈像小脚女人，为了发展集体经济，为了我们大队增加收入，就稳准狠地闹一下！大队书记是一方的最高长官，他的话，是命令，是政策，是决定，谁敢不听？谁敢不从？理解的要执行，不理解的更要执行。

渔业队不敢违令，兵分五路，雷厉风行，把周边卫生室的巴豆收了个干干净净！巴豆收齐了，就连夜磨碎磨烂发酵发汗，大队领导组织了全大队社员准备参战。太阳刚刚出山，郑家河两岸就布满了几百号人，拿渔网的，拿舀子的，拿筲箕撮箕的，拿背篓的，全都严阵以待。渔业队的队员们挑着几大担巴豆浆水奔向郑家河上游，倒入郑家河中，不大一会儿，满河的鱼都在翻白，大的小的肥的瘦的公的母的都在做垂死的挣扎，河面上漂起了厚厚一层，死团鱼、死娃娃鱼满河都是。

半天时间，大队部大会议室里就堆成了一座山，那真像是一座银山哪！那一天，郑家河下游的鱼一直发了上十里。那一天到底闹死了多少鱼，谁也说不出一个实数来，谁也不敢说出一个实数来。大队领导们望着那座银色的鱼山，人人都乐开了花。他们一个个接连不断地打电话，通知公社和镇上各单位到郑家台大队买鱼。不曾料想到，电话都是回的同一句话：今天卖鱼的特多！闹的鱼没人买！这无疑胜过一声晴天霹雳炸响在大队部，大队的领导们一个个都被炸得晕头转向昏天黑地。

没有办法，大队书记开响大队广播室的高音喇叭，通知社员们来买鱼，高音喇叭响了一夜，没有一个人来买鱼。大队的领导们像霜打了的茄子，蔫头蔫脑了，他们全都束手无策了。盛夏了，鱼本来就放不了多长时间，何况又是闹死的鱼，更何况闹死的鱼又堆积在一起呢。

鱼放了一夜，就开始腐烂了，那鱼腥气、腐臭气，让人们恶心，反胃，呕吐，不可遏止。大队领导们不得不做出决策，发动群众，把闹的鱼全都倒到郑家河里去。郑家河上上下下一片白，郑家河一下变成了白色的河，让人惨不忍睹！很长时间里，没有人敢朝郑家河里望一眼，也没有人敢面对郑家河呼吸一口气，那才真叫臭气熏天哪！

幸亏只过了上十天，一场大雨下了三天三夜，一场大洪水把郑家河给冲洗干净了。不久，区、公社派来了人，对郑家台大队这一届的领导们狠批猛斗上纲上线，批他们明目张胆地破坏集体经济，批他们胆大妄为地带领群众搞资本主义，大队批，小队批，大会批，小会批，分散批，集中批，白天批，晚上批，田间地头批，下雨天成天批，一连批了半个月。批到最后，区、公社的领导问他们：你们闹鱼之后，区里、公社里没断过人，找我们要水喝，你们知道不知道？你们把一条河都污染了，沿河数千人不敢用河里的水，你们不是招惹众怒，引火烧身吗？最后，本着思想批判从严，组织处理从宽的原则，把他们全部撤职了事。渔业队也理所当然给撤了。

水猫子的老子总觉得自己犯了大罪，而且是罪魁祸首，忏悔不已。那年腊月三十，他端着煮熟了的猪脑壳和一大壶酒，走下郑家河，走到长潭边，放在一块大岩板上，自己跪在乱石上，虔诚地祭祀河神，请求河神宽恕他的罪过，然后把猪脑壳和酒扔进了长潭，说是让河神享用。从那以后，每年腊月三十，他都要祭祀河神，他一死，河神就断了香火、祭品。

水猫子不像他老子，他觉得鱼这种东西生就是人们的口中食，想吃就去逮，有人吃就有人逮，这本是天经地义的事，光明正大的事，无可厚非的事，这关河神屁事，敬它干啥？祭它干啥？我逮鱼是我自己的事，就如赶仗的用枪对准野兽，杀猪的用尖刀对准牲畜的脖子一样，平常不过，正常不过，大可不必想吃鱼又怕腥！有人诅咒我，咒我杀心太重杀生太多，咒我心太残忍太毒辣太缺德，咒我不得好死！我不在乎不计较，只当没听到的。未必真被人咒死了不成！要真咒得死人，那世界上早就没有人了。在这世界上，谁不被人骂呀？又有谁不骂人呀？

他感到手腕被什么牵动了一下。他又想起来了，是那根线麻绳，那根锁鱼钩挂鱼饵钩住了那条红娃娃鱼的线麻绳。

他的眼睛证实了他的判断，那根线麻绳一头套在了他的手腕上，另一头在娃娃鱼嘴里面，这根线麻绳紧紧连住了水猫子，也紧紧连住了那条娃娃鱼，生生死死连在了一起，大有生则同生死则同死的壮烈气势。

这么说，是那条娃娃鱼把我带上了岸带进了回龙套带进了柳林坝啦！也就是说，是那条娃娃鱼救了我的命！他不能不这么想，不能不想到这事实，不能不承认这事实，事实终归是事实。

他又朝那娃娃鱼望去，这时，他眼里少了仇焰，多了不解，少了恨火，多了疑惑。

娃娃鱼躺在那里，躺在那高高低低凸凸凹凹的乱石堆里，那样子很难受。有几个石头的锋棱利角刺进了娃娃鱼的身子里，石头上浸满了血，娃娃鱼全身不住地颤抖着抽搐着，它似乎已经耗尽了精力，似乎已经完完全全彻彻底底绝望了。

此时，水猫子的心不由得战栗了一下，他又想到了那滔滔洪水……

真是娃娃鱼救了我，水猫子不得不承认自己不愿意承认的事实。他朝娃娃鱼投去了感激的目光。他又看到了自己手腕上的线麻绳，又看到了线麻绳的那一头，娃娃鱼口中的那一头，被血染红了的那一头，血，那从娃娃鱼口中流出来的血，从娃娃鱼身体内流出来的血，鲜红鲜红，使水猫子眼发花头晕眩心惊悸。娃娃鱼流出的血，水猫子身上流出来的血，生命的血，原是一样的鲜红啊！血，鲜红的血，生命的血，不应该无谓地流啊！可现在水猫子在流血，娃娃鱼在流血。为什么会流这血呀？为什么要流呀？水猫子想前想后，终于想到，我不去逮娃娃鱼，娃娃鱼不会流血，娃娃鱼也不会咬我一口，我也不会流血。然而，我是自讨的，娃娃鱼却是无辜的呀！可洪峰来时，娃娃鱼为什么不报仇雪恨，让我在洪水中闷死撞死淹死葬身鱼腹死无葬身之地呢？

他似乎明白了。他已经明白了。是的，一定是的，当娃娃鱼牵动我在波谷浪峰中翻滚的时候，被钩住了的娃娃鱼一定也疼得死去活来，拼命地往岸边游，拼命地游到了岸边，我也就被带到了岸边。当洪水稍稍消退时，我和娃娃鱼就都落在了岸上，就都躺在这回龙套里柳林坝中这乱石堆里了。真是娃娃鱼救了我的命，我却千方百计处心积虑想要他的命，我他妈连娃娃鱼都不如呀！我他妈的算什么人哪！

他的心被震动了，他从心里感到懊悔了，内疚了。成百上千的娃娃鱼在我手里丧了生丢了命，变成了人们的盘中餐口中食美味佳肴。是我把郑家河变成了一条没有鱼虾的河，一条生命的死河！是……是我。他不敢往下想了。娃娃鱼救了我的命，我要救娃娃鱼的命，不救活娃娃鱼，我他妈不叫人。

他很艰难地转过身去，很艰难地爬到娃娃鱼身边，把手慢慢地轻轻地伸进娃娃鱼口中。要救活娃娃鱼，必须取出娃娃鱼口中的铁钩，只要取出了铁钩，让娃娃鱼回到水中，娃娃鱼就有救了。

他把手伸进娃娃鱼口中，他已不怕娃娃鱼咬了。他反而觉得娃娃鱼应该咬他。一股负罪感油然而生，他恨自己心太狠毒太残忍，怪自己以杀生为乐趣，以杀生为生计，大鱼小鱼泥鳅虾虾都不放过！郑家河里的鱼遭到杀身之祸灭族之灾，自己是罪魁祸首！而遭到杀身之祸、灭族之灾的幸存者却以德报怨，仇将恩报，从阎王爷那里把他拉了回来，水猫子顿生感激之情报恩之心。咬吧，咬吧，他呼喊着等待着。然而，娃娃鱼一动也不动，反而把嘴张得更大，是娃娃鱼怕咬着他呢，还是想让水猫子给取出口中的铁钩呢？

水猫子心想：管不了这么多啦。他轻轻地取出了娃娃鱼口中的铁钩。他把铁钩插进岩缝里，拼尽全力把它别直，放在身边石头上，用左手拿起一个坚硬的石头，艰难地举起来，艰难地砸下去，狠狠地砸，拼命地砸，砸得手发麻，砸得铁丝发烫，砸得火星四射，砸得铁屑乱飞，铁钩被砸得稀烂，扔进滔滔洪水之中，他还不解恨，又举起那个当榔头用过的石头扔进河中间……

他累了，喘着气，两眼望着娃娃鱼。娃娃鱼动了一下，又动了一下，水猫子扑着身子，用一只手，用手掌心舀起水往娃娃鱼身上淋，一滴一滴，一下一下，淋着淋着，娃娃鱼的尾巴慢慢蠕动起来，淋着淋着，娃娃鱼全身蠕动起来。它挣扎着，企图爬动，企图游回水中。但他身子太笨重，伤太重，一次又一次失败了。

娃娃鱼似乎绝望了，整个身子颤动起来，小眼睛里滚出了大泪珠。

水猫子心里难受。他爬过去，用手，用头，用肩膀，用双脚，用整个身体，用全身力气，把娃娃鱼朝水中推，朝水中顶，朝水中拱，朝水中蹬，终于帮娃娃鱼回到了水中。

娃娃鱼在水中停了一会，慢慢朝水里游去，游到了水中间，它又掉转头来，朝岸上游去，突然间沉入了水底。水猫子顿时觉得一团红光在眼中消失，眼睛发涩，鼻子发酸，长长地舒了一口气，便静静地躺在乱石堆里，脸上平静而坦然，溢出一丝淡淡的笑意。

堂客找到他，把他背回了家。他从堂客背上挣扎着滑下去，踉踉跄跄地歪倒在床头，打开床头木箱，翻出那纸合同书，他看都没看一眼，塞进嘴里，用牙齿咬着，用那一只没有受伤但却无力的手，把合同书撕碎，揉烂，用火柴点燃，合同书化成一串火苗，一缕青烟，一堆灰烬。

他对堂客说：你把箱子的钱都拿出来，叫辆车来，明天我们去鱼场买鱼苗，买回来放到郑家河里。今晚上，你把腊猪脑壳煮熟了，我们去祭祀一下河神吧！说完，他一下子瘫倒在床上。

渔洋关下觅知音

我同王作栋先生认识并交往已有四十五年之久了。

我 1971 年 11 月从民办教师任上被招工到五峰县文化馆，从事群众文艺创作辅导工作。第二年春被安排到我家所在的民生大队办群众文化活动的点。下乡以后，我很少回单位，偶尔回文化馆一次，小住几天，经常见一位面目清秀，举止文雅，戴着眼镜的人往我的同事帅启昌屋里去，一去老半天，听见屋里谈笑风生，相交甚欢。后来帅启昌告诉我，他叫王作栋，宜都人，大学毕业分到五峰工作。他爱好文学，文学天赋和素养极高，时不时地来文化馆同他畅谈文学。

一天晚上，突然有人敲我的房门，我开门一看，竟是王作栋，没等我开口，他就自报了家门：“王永红同志（那时时兴彼此称呼为同志），我俩是家门，我叫王作栋，帅启昌同志介绍过你，说你和他同行，多次想拜访你，但你很少在文化馆，未能如愿，今天去帅启昌屋里，他说你回来了，特来拜访。”我忙把他请进屋里，泡上一杯从家里带来的白茶，开始了我们的第一次交谈。

他是一个十分健谈、见面熟的人，而我生性内向，口舌木讷，不善言谈，我同他的交流犹如记者访谈一般，进行了很长时间。谈话内容因时过久远，记不全了，但他对人的那份热情，那份真诚，已在我心里打上了深深的烙印，他眼镜后面的目光有极大的亲和力和吸引力，让我有了一种敬重、仰慕、相见恨晚的感觉。见面后的第二天，我就去了渔洋关的民生大队。

未过多久，我就听说他也调到了县文化馆，担任群众文艺创作辅导，我们成了一个战壕的战友。他调文化馆不久，单位就安排他下乡到石柱山公社东升大队参加农村社教运动工作队。他工作的地方离我家不远，东升大队和民生大队接界，我们是兄弟大队友好“邻邦”。他休假天多住我家，帮我为群众文化工作出谋划策，帮我辅导业余作者，修改作品，也帮我家做家务，推磨、摘茶、刮洋芋，什么事他都干。同时他也可以在我家改善一下生活，补充一些能量，再回到住户家里。那时下乡必须同贫下中农同吃同住同劳动，一住几个月不回单位不回家。哪像现在哟，下乡走马观花，蜻蜓点水，速来速往，不打扰乡亲们一个晚上——所以他当晚必须回到住户家里的，否则就是违规违纪。从此，我同他也就像兄弟一样，常来常往，日渐亲密起来。

他是一个有心人，在东升驻队期间，结识了一个会讲故事的张隆超老人，他记下张隆超老人讲述的许多故事。他开始有心探寻，发掘五峰这座民间文学的沃土、富矿。

我是文化馆的听用干部，或者说是一块砖，哪里需要哪里搬。在民生办了一年群众文化工作点，在县、地区都有了影响，民生大队成为全宜昌地区“全党办报、全民办报”的四个点之一。民生大队也成为全县学大寨的典型。1973 年，把我这块砖搬上了石柱山。县文化局集中抽调了六七人组成了工作队，王作栋也奉命下山，成了这个工作队的一员。这期间，我经常找机会悄悄下山，约他在我家相会，我也会趁机向他请教。我在民生大队办点期间，曾写过一个相声《水》，我在石柱山工作期间，一有机会就继续修改。一次在我家里，我把稿子交给他，请他提修改意见，他很乐意地读完作品，诚恳地提出了许多意见，我认真做了修改，湖北人民出版社作为文艺演唱材料公开出版了。这是第一次由省级出版社出版我的作品。但这个相声虽然由我创作，却用了一位业余作者的名字出版。那时叫替工农兵代言或者代笔，也是一种风气、时尚。

我在石柱山农村工作队干了两年回到了县文化馆。未过多久，1976年2月，我奉命参加川汉天然气管道建设，开赴长阳楼子坪，在五峰县指挥部任政工员，主办工地战报和广播。王作栋在文化馆里主办县文艺刊物《革命文化》，经常刊发我组织工地文艺骨干创作的诗歌、散文和工地信息，手把手帮助我编辑、出版了《五峰文化专辑》工地诗抄《龙潭战歌》（73首）。在我转战汉宜公路五峰指挥部工作期间，他调离了五峰，调到了宜都县文化局。我这块砖被搬去搬来十年之后，也搬回到了县文化馆，才真正从事起文艺创作辅导工作，我和他再也不在同一单位工作，但我同他的交往却更多、更密切了。

他在五峰工作十年，发现并推荐民间故事家刘德培，搜集和整理了刘德培讲述的大量故事，并在国家级、省级、地级文艺刊物上发表，刘德培成为知名故事家。他调到宜都之后，有关刘德培的各类工作都落在了我身上，刘德培成了我在文化馆家里的常客，我管吃管住。刘德培也成为我和他联络的纽带，直到1990年我调到渔洋关文化分馆为止。这期间，在他的指导下，我搜集、记录了刘德培的歌谣一千余首，谜语八百多则，还多次去他家转录了刘德培全部录音资料交县文艺档案室。同时，我也开始跟着他学习搜集、整理民间故事。1981年，他约我同王华武搜集、整理机智人物杜老幺的故事，我们搜集到杜老幺的故事十多则，整理后，我亲自送到宜都交给他，他审阅之后，几乎对每则故事都提出了具体修改意见，让我住在他家里，反复修改后交给他。有8则故事收入1981年长江文艺出版社出版的《杜老幺》一书中。这次搜集、整理杜老幺的故事，对我来说实际上是一次练兵、演习，为我以后搜集、整理和编辑《刘德培故事选》《五峰民间故事》《刘德培研究》《中国民间故事全书·湖北·五峰卷》等打下了基础，而这每一本的出版都有他精心的指导和付出的心血。民间文学搜集、整理工作告一段落之后，我转入了文学创作。

1991 年，我写作了短篇小说《水猫子》寄给他征求意见，他给予了很高的评价，并很快地在他主办的《清江》上重点推出。《水猫子》于 1992 年 11 月在《长江文艺》上发表，后来改成中篇小说在《草原》上发表，获得当年“草原文学奖”。他的首肯和首发，让我有了自信，不断修改，终获成功。

1999 年 10 月，我的小小说集《子虚村纪事》被纳入“三峡文学艺术丛书”出版，他任主编（这时他已是宜昌地区文联副主席），并为《子虚村纪事》作序《乡土基地的写真集》，不断地为我的文艺创作加油鼓劲，擂鼓助威，给了我极大的鞭策和鼓劲，推动我在文学创作的道路上不断前行。

2009 年 9 月，我写作完成了长篇小说《享受父爱》，完稿后的第一件事就是请他作序。只有他才真正了解我，理解我，真心实意地帮助我。当我把 30 万字的打印稿送给他，请他审稿、作序，他嗯顿都没打一个，很爽快地收下了我的书稿，表示一定要认真审读书稿，精心写作序言。没过几天，他就打电话通知我去取书稿和序言，我接到电话，随即从五峰乘车直到宜昌，直奔他的住所。他告诉我说：“为了不耽误你的出书时间，我昨夜一通宵，写成了这篇序，你先看看。”我接过序言看，题目叫《父爱无边》，我一口气读完，情不自禁地连声说：好！好！真好！我真想叩拜致谢呀！我特别喜欢和珍视最后一段话：“《享受父爱》为我们塑造了一个不求回报、实在得可敬可亲的父亲形象。尽管作品中有个别地方的叙述风格略显诗意化，少数对话描写也还可以更切合人物身份，更简练些……”他能不遮不掩地指出作品中的缺陷，让我有了继续修改的方向，这是最重要的，也是我最希望看到的。这才是真正的良师益友！

令人遗憾的是，因为某种原因，长江文艺出版社编辑建议《享受父爱》出版署名用笔名，也不要用序。当我把出版社的这个意思转达给他时，他竟欣然接受，真让我感动、感激。我也深感愧疚和不安。后来，出版社要作者简介时，我不无情绪地说，既然不用序言和作者真名，还要作者简介干什么呀？直至今年重新出版《父爱》才编进序言，稍稍了却了我的一份心愿。

同王作栋相交四十多年，从相识、相知到成为我的良师益友，让我受益匪浅，他是我人生道路上的贵人，我由衷地感激他。

（原载三峡电子音像出版社 2018 年 3 月版《宜昌民间文艺家》）

亲亲清水湾

清水湾是一个镌刻在我心中的地方，是一个让我魂牵梦萦的地方。

清水湾坐落在湖北、湖南两省交界处南岭大山的北麓，是一个群山环绕中的袖珍盆地。清水湾盆地里，从北山边渔溪坪和南山边唐黄坪流淌而出的两条小河流，在盆地的中部升子石（后改名砥柱石）处汇成一条河，入急流险滩，奔腾东去，从千丈石壁上倾泻而下，流入破石河，流入南河，流入沩水，成为沩水的两条支流之一。沩水支流源头的这两条小河俗称双河，双河交汇处有一小街，二三十来户人家，是一个看上去繁荣昌盛的边贸口子镇，这里曾商贾辐辏，人居和顺，山林吐瑞，万象呈祥。人民公社化后的双河大队由此得名，而且远近闻名，这里后来也是清水湾人民公社、清水湾乡政府所在地，再往后又撤区并乡，就是村委会所在地了。

在北山河流的南岸有一口清水堰塘，据老辈人说，这个堰塘原来有一亩大小面积，一人左右深浅，四季宁静碧绿如镜。更让人惊奇的是，天上下大雨，河里涨大水，这个堰塘里的水不涨，清澈见底，天大旱，河水断流，而这个堰塘里的水依然满盈，清水湾便因此得名。又因山区里地形不规则的小平原、小盆地多有带湾的地名，约定俗成，这清水湾就传之于人口，载之于典籍了。

清水堰塘往西过河上岸再前行约百步之遥是一座叫狮子垴的高山，山脚下上十丈许有一栋撮箕口的大瓦房，大瓦房有十多间大大小小的房间。这栋大瓦房的正面正对着清水堰塘。我的外公便是这栋大瓦房右半栋的主人，左半栋的主人是外公兄弟的儿子，也就是我的亲叔伯舅爷。他们姓许，清水湾一半人姓许，清水湾人转弯抹角地大多是亲戚。我的母亲就是在这栋大瓦房里出生长成人的。大约1940年左右，我的父亲到母亲家上门做女婿，帮外公种田、做烧酒。不久，因清水湾离渔洋关只有四十多里山路，经常有兵匪在这里活动，兵荒马乱，拉兵抓夫，土匪横行，强抢豪夺，极不安全。为了躲避兵祸匪患，外公安排我父母亲去湖南大山中的八峰山安家落户定居。1942年农历五月，我就出生在八峰山的一栋茅草房里。

父亲在湖北湖南帮长工，打短工，放排，种地，辛辛苦苦挣钱养家糊口，生活艰苦，却也平安，没有兵匪为患，没有恶人作乱。我们一家过了一两年安定日子。1944年2月的一天，不远处一户乡亲家里有事，请我父母亲去帮一天忙，父母亲爽快答应了。不料第二天一早，母亲头疼得厉害，就说：“奎生爹，我今天头很疼，帮忙我就不去了，免得误了别人的事！”父亲摸了摸母亲的额头，确实发着高烧，就答应说：“好，我一人去，你好好照管好自己，照顾好奎生！”说完就吩咐我：“你妈头疼，你就守着妈，有什么情况，马上去喊我！”我点了点头，父亲就出门走了。父亲走了不久，母亲头疼得更厉害了，突然“哎呀”一声，嘴巴里冒出了血，血不停地从嘴巴里往外冒，我慌了，连忙拿衣服给母亲揩，揩了又流，衣服揩了好几件，我满手是血，衣服上也是血，我不住地喊着“妈……妈……”母亲吃力地说：“奎生，快去喊你爹！”我慌忙跑出门，奔向父亲帮忙的那户人家，大哭着高声喊道："爹！爹！快回家！"

父亲听到我的哭喊，跑出来问："什么事？怎么啦！"我哭着说："妈嘴里流血啦，不住地流啊！"父亲一听，一把把我抓起背着我往家里飞奔。到家了，父亲放下我，直扑母亲房屋里，我也跟着进了屋，走到妈妈床头，看见妈妈的身子直直的，一动也不动，眼睛紧闭着，我喊了一声"妈啊"，母亲用力睁了眼。父亲问："你这是怎么啦？我去请郎中！"母亲艰难地拉住父亲的手，说："我……不……不……行了，不……不要……郎中……我……要回……清……水……湾！"说完，眼睛紧闭，涌出了两串泪水，就没有气息了。

母亲走了，再也回不来了！我拼命地哭叫着："妈呀！妈呀！"嘴里不住地喊着妈，手里还在不住地揩母亲嘴巴上的血，满地都是我扔下的给母亲揩过血的衣服！父亲更是哭得声音沙哑，声嘶力竭，一遍又一遍哭喊着："奎生妈呀，你怎么就抛下我们父子俩不管了啊，奎生还不到两岁呀！"附近的乡邻闻讯都来了，帮忙料理母亲的后事。父亲拉着我一齐给来帮忙的乡亲们跪拜磕头。我们不知磕了多少个头。一个年长的老人说："不拜了，都不拜了！我们齐心合力帮你们把丧事办好！"父亲对那老人说："奎生妈要回清水湾，要把八大金刚辛苦劳累一趟，帮忙把奎生妈送回清水湾去。去清水湾翻山越岭，又是山路小道，一二十里路，要辛苦劳累他们哪！"众人齐声回说："你就放心吧，我们明天一定好好把你奎生妈送回清水湾去！"第二天，父亲请的八大金刚终于把母亲送回到清水湾，安葬在清水湾了。母亲的坟墓就在狮子堖山脚下。

母亲终于又回到了清水湾！

母亲回清水湾了，安葬在清水湾了，过了三天，给母亲圆了坟后，父亲带着我回八峰山了。八峰山的家不像个家了，看到妈妈生下我的那张床，奶我长大的那张床，又病倒躺着的那张床，睡着了远行的那张床，我泪如泉涌，痛不欲生。父亲更是丧魂失魄，肝肠寸断，看着那张空床，看着失母之痛的我，眼泪像要流干了，父亲真苦啊，真是苦不堪言哪，既当父，又当母，父子相依为命，苦苦挣扎在生死线上。要生存，要生活，父亲还得出去做事、帮工。在八峰山没待多久，他带着我去外公家，把我寄养到外公家，然后就出去帮工谋生去了。湖南走到湖北，湖北走到湖南，在八峰山、清水湾、渔洋关之间来回往返，给人帮工。他心里舍不得我，挂牵着我，十天半月要去外公家看我，抚慰我，陪我吃两顿饭、睡一觉后，亲亲我，又顶着星星出门了。

那段时间，父亲真苦啊，一两年里苍老了上十岁啊。外公外婆看在眼里，痛在心里，着急着要给我找个后妈，为了有个后妈照顾我，抚养我，找一个能一心一意为我好的后妈，他们想去想来就想到了我幺姨。他们心想：姐死妹填房，妹妹会更加体贴、心疼姐姐的儿子的。他们连蒙带哄，让父亲和幺姨结了婚。这是一桩很勉强的婚姻，也是一桩很不幸的婚姻。新组合的三人之家，矛盾重重，似水火不容。父亲要养活这个家，还得出门去做事打工。父亲出门了，我就蒙难遭罪了。没有办法，我三天两头往清水湾跑，在外公家躲灾避难。在清水湾，在外公家，我才感到安全，才有温暖。清水湾的人都知道我的境况，都说奎生他们两爷子真遭罪。他们都可怜我，同情我，爱护我，我到哪家哪户都不愁没吃喝，我真是个吃百家饭长大的孩子。

只要在清水湾，我才开心，才快乐，才无忧无虑，清水湾才像是我的家啊！我的童年几乎一半时间在清水湾度过。我在许家祠堂里捉过迷藏，去红军医生家吃过饭，上狮子垴摘过野樱桃，在双河永兴桥下、砥柱石边玩过水、泡过澡，还在清水湾街心里同小伙伴们整过家家酒。我在清水湾的小伙伴很多，表兄弟姐妹就有几十个，他们都喜欢我，保护我。其中有一个对我最好的表妹，她经常说：“奎生哥哥真遭罪呀！”“你就经常到我家去玩，把我家当成你的家！”没人给我做鞋子穿，我经常打着赤脚，冬天脚上冻裂开许多口子，她摸着我的冻伤的脚说：“我长大了就给你做鞋子穿！”我们渐渐长大，上学读书了，在一起玩的时候少了，但那互相喜欢的心没有变！

过了几年，父亲为了我，毅然决然同我幺姨离了婚，父亲解放了，我也解放了。我和父亲回到了渔洋关，不久，父亲找了一个志同道合的妻子重新组合了家庭，并在马岩墩小河边上的赶子坪安家落户了。这时我同那个表妹还是来来往往亲密无间。她在渔洋关中学读书，寒暑假先到我们家，玩几天后我送她回清水湾，我在她们家玩几天再回家。一直到中学毕业都这样。后来都当了知识青年，回到农村各自的家。再后来，因各自父母的原因，我们就和和平平分了手，少了来往。再后来，各自有了自己的家庭，就少有来往了。但我们走亲戚在清水湾有时还见见面，说说话，我们亲戚不假，礼尚往来还是应该的。回忆一下童真年代，心里也别有一番滋味，我永远难忘！

1971年底，我被县文化馆直接招工，到县文化馆工作。那时没有现在的假期多，有的年份过年都还要上半天班，回家少了，也就没时间去清水湾了。隔几年去一次，给母亲扫墓、送亮，匆匆而去，匆匆而归，虽然依依不舍，却也无可奈何！1990年，我调到渔洋关文化分馆，挤时间去清水湾就方便些了。坐车用不了一个小时，所以我几乎每年要去一次清水湾。先到母亲安居处，给她点燃一支蜡烛，放响一挂鞭炮，流下一串眼泪后，心里默默对母亲讲道：“妈呀，我过些时候再来看您呀！”然后就离开母亲住处，漫无边际地四处走走、转转、看看，回想童年和少年在这里的苦辣酸甜的时光，目睹清水湾日新月异，欣欣向荣的巨变和乡亲们的幸福生活。我感觉到母亲一直在注视着我，目送我上车回家。

父亲因种种原因很少去清水湾了。2002年农历十月的一天，父亲突然对我和弟弟说：“我想去去清水湾！你们陪我去去吧！”我们看到父亲的身体一天不如一天，他自己可能知道他在世的时日不多了，想了却心中的积憾，大有去清水湾辞路的意思。我们就答应了他，请我的堂弟开车，第二天一清早出发去清水湾了。到清水湾后，首先去了我舅舅家，我父亲和舅舅在一个屋里住、一个锅里吃了好几年的饭，和睦相处，从来没红过脸，相敬如宾。然后到当年一起做过事的亲戚和乡友家，叙旧谈家常。然后到清水湾周围沿转走走看看，兴致极高，兴奋不已。中午在舅舅家吃饭，父亲多年没去过了，舅舅准备了十碗八扣的盛宴招待父亲和我们一行。吃饭之后，父亲率我们去祭奠母亲，我们在母亲墓前点燃了蜡烛，放响了鞭炮，我弟弟和堂弟一齐跪在母亲墓前，毕恭毕敬磕了三个头。父亲也在墓前凝视，鞠了三鞠躬。这时，我看见父亲眼里滚出了泪珠。我连忙扶起父亲，招呼弟弟、堂弟赶快离开母亲墓地。父亲八十一岁高龄了，年迈体衰，多病重病缠身，不能再让他再在那里待下去。我们匆匆离开母亲的墓地，匆匆辞别舅舅及其他亲人们，连忙扶父亲上车。父亲上车时朝狮子垴最后望了一眼，长长叹了一口气，就上车了。父亲这次到清水湾辞路回家后，一病不起，第二年正月十七日他最后凝视了一眼这个世界，慢慢闭紧了双眼，安详平静地离开了人世间。

父亲去世以后，我依然如故，每年都要去一次清水湾。近几年，我的身体也走下坡路了，有两三年没去过清水湾了。我打电话问过清水湾的人，电话里说，清水湾又有了巨大变化，在清水堰塘和外公老宅之间，沿河修建了扶贫搬迁户住房，像新建的一条新街。从五峰新县城到清水湾修成了二级公路，不日就可直通湖南石门县城。清水湾村已经建成了山村旅游目的地。清水湾的快速发展，让我兴奋不已。我一定要尽快去看看，看看我镌刻在心里的亲亲清水湾!

（2021 年 11 月 14 日）

山里姐儿会做鞋

山里姐儿会做鞋，
山外哥儿进山来，
一把拉住姐儿手，
张口就要新布鞋，
不为鞋子不得来！

这是五峰山里流传的一首五句情歌。情歌里的鞋子，专指布鞋，新布鞋是青年男子爱情的信物，定情物。以前，山里人平时都穿布鞋，男女老少都如此。那时，山里人读书少，女人读书更少。女娃儿出生之后，没几个上学读书的，第一要学的就是针线活，上十岁就开始学起。针线活是她们的必修课。

针线活好不好，是衡量一个姑娘伢的重要标准，针线活好，会做鞋子才是好姑娘、好媳妇。所以，姑娘们首先要学的就是针线活。妈妈就是她们的老师。妈妈言传身教，让女儿从小就知道怎样才能做好一双新布鞋。让女儿们知道做好一双新布鞋不是轻而易举的。几乎每一个女人都有一个样包，样包里存放在大大小小、各式各样的鞋样子，小则十几种，多则几十种，都是比照各种鞋子样式，用硬纸剪下的鞋样子，像影集一样一张一张夹在样包里。如果把做新布鞋比作一个工程，那么，鞋样子就好比是工程的设计图纸，供做鞋子时选用。做鞋子前先要准备好所需的材料：面料、针线索子、布壳子等。先做鞋底子，鞋底子一般用的是白布，鞋帮子一般用的是青布（黑色）。做鞋底子时先在样包里挑选适合的样子，再按照样子剪裁白布做底层，底层上面铺陈若干层旧布片，布片上面铺一层布壳子或者棕壳子。布壳子和棕壳子是做鞋子的必用材料，是自己制作的。先在木板上涂上灰面和的面糊，再把棉布或者棕片贴上去，一般要粘贴两层。粘贴好后，放在太阳下晒干后撕下备用。壳子铺陈好，再用一层白布铺陈在壳子上，然后一针一针地纳上，叫纳鞋底。纳鞋底大多用棉索子（几股棉线搓成的），也有用线麻索子的。纳鞋底子也很讲究的，纳成各种图形和图案，有升子底、水扒浪、白果形。纳鞋底要用力把索子拉紧，一针挨一针，密密麻麻，纳得越密越紧，鞋子越经穿。鞋底子纳起了，接着做鞋帮子，用鞋样子剪裁好鞋帮子布料，鞋帮子一般两层，中间也放上布壳子或棕壳子，然后用针线缝好。最后再把鞋帮子绱到鞋底子上，一双新布鞋就做成了。

山里的正常女人没有不会做布鞋的。

一双布鞋要做好几天。

那时候有一双布鞋穿，那可是一种福分，一种期盼，一种享受啊！

我只两岁多，亲生母亲就过世了。两岁以后的童年时代，我没穿过布鞋，没有人给我做鞋子。我经常从湖南八峰山走到湖北渔洋关，来来去去，往往返返，全都是赤脚走的。在家里，上山放羊子，割牛草，打猪草，背柴火，也全是打的赤脚，脚上磨的茧有铜钱厚。我打赤脚可在满山满岭的树林子里跑，用脚板踩得开浑身是刺的板栗包！看见别人穿的布鞋，心里想得要命！

过去的山里边，男子去女方相亲，女子一定会送上一双精工细做的新布鞋。男方若把布鞋退给女方，也就暗示不同意这门亲事，表示退婚了。

我高中毕业回到农村后，不少热心人给我提亲做媒。我一心想跳出家门，不愿过早结婚，但还是有热心人给我当媒人。有一次，离我们家不远的两个人，三番五次要我跟她们去相亲，我经不起她们的软硬兼施，就答应去了。

心里也就想敷衍一下，随着那两个媒人去了她们讲的那户人家。但见了那户人家的姑娘，我打心眼里不中意，就扯了一个谎，说我的姑爹在这户人家不远处的公社当书记，有急事去一下。那户人家也不好硬留我，我就出门走了。不想那户人家的姑娘，在后面追上了我，硬塞给我一双新布鞋。我走了一段路，碰见了我的一个亲戚，请他把鞋子转交给媒人，让媒人把鞋子退回那个姑娘。我的那个亲戚对那两个媒人说："这桩婚事搞不拢呢，这双新布鞋不合王永红的脚，他们走不到一起呀！"

女人做的布鞋也不能乱送人，特别不要送给不是你丈夫的男人！

我说一件有名有姓的真事儿，为了保护隐私，就不交代姓甚名谁了。有一女子喜欢上了邻居男子，产生了感情，就给这个男子做了一双新布鞋，悄悄地送给了那个男子。女子有心，男子有意，那男子就收起了那双新布鞋。男子悄悄把鞋子拿回了家，就把鞋子藏到睡觉的床铺草下面。过去一般人家没有多少棉絮，就先在床上面铺一层稻草，然后铺一床棉絮。有一天，那男子把布鞋拿出来，睹物思人，暗自神伤，不料他堂客看见了，一把夺过布鞋，厉声吼问："你这鞋子从哪里来的？哪个送你的？"那男子死活不交代送鞋子的女人。他堂客暴怒了，找一把斧头，把鞋子剁成了两截！把剁断的鞋子甩到男人脚下，说："你跟我把这鞋子送给那个不要脸的女人，就对那女人说，我们只能跟这鞋子一样：一刀两断。”

不要小看一双布鞋，它可是夫妻两人爱情的感应器和记录仪。妻子给丈夫做一双新布鞋，一针一线，千辛万苦，熬更守夜，废寝忘食，你穿上这双鞋，不珍惜，不珍重，怎么对得起妻子啊？想我结婚前两年，还是未婚妻的她给我做了一双新布鞋，我硬是舍不得穿，直到举行婚礼的那一天，我才从箱子里头找出来穿上了。我穿着新布鞋举行婚礼，穿着新布鞋拜天地，穿着新布鞋拜爹娘，穿着新布鞋迎宾客，穿着新布鞋入洞房！结婚后，她每年都要给我做一双新布鞋。穿起她的布鞋，当民办教师，教学生，访家长。当大队干部，家家进，户户落。进文化馆后，上山下乡，走村串户，采风采访，问寒问暖，都是穿的妻子给我做的布鞋。穿着妻子做的新布鞋，走宜昌，逛武汉，上北京。我们的爱情，一双双布鞋可以做证！

多年前的一天，妻子给我做了双新布鞋，让我穿着去参加一个亲戚的婚礼。婚礼结束回家时，突然下起大雨来了，我看看天上的雨，看看脚上的鞋，毫不犹豫地脱下新布鞋，打着赤脚走回了家。回到家，妻子看见我提着鞋子，打着赤脚，嗔怒道：“是人重要，还是鞋子重要啊！”我笑嘻嘻地说：“堂客千针万线做的，下那么大的雨，怎么舍得穿哪！鞋子踩在脚下，疼在我心里呀！”

时代前进了，社会进步了，布鞋辉煌的历史过去了。现在穿的是机器造的各式各样的鞋，没有人再手工做布鞋了。手工做布鞋的技艺看着失传了。

但我永远永远忘不了那一双一双的新布鞋！

小河几多放排人

新中国成立后，全国迅速掀起了社会主义建设热潮。国家建设需要大量的木材，五峰是大山区，出木材，出好木材，迅速组织了砍伐木材、运送木材、支持国家建设的队伍。

上山把木材砍了运下河，下河把木材运出大山，运到需要木材的地方。渔洋关区迅速组建了一支水运队伍，分成大溪连和小溪连，统归区林业站领导，组织实施。小溪连把小河上游杨家河和汉阳河上游柴埠溪的木材运到渔洋关镇边上的渔洋河洋古潭木材场。大溪连再把集中到洋古潭木材场的木材运送到宜都清江木材场。大溪连、小溪连共有上百号人。我父亲当过一段时间的小溪连连长，以后精兵简政，我父亲因家大口阔，拖儿带女，在外做事十分不便，家里十分困难，便响应政府号召，主动申请回到了乡下的家。

小河沿岸放排的人特别多，总有大几十人吧。我父亲他们四兄弟中有三个人放排，我岳父他们五兄弟中有两人放排，我岳父的舅老倌五兄弟也有两人放排。还有一家三兄弟都放排的。还有父子两人都放排的。这些放排人大多数都是小河沿岸的人。

放排是苦活、累活、危险活。放排首先要扎排。扎排时，先要从陆地上把木材扛下河，再把木材排成一顺，根据木材的大小、长短、粗细，六七根木材扎成一排块，也有少几根，多几根的，按自个儿的技术、力气、经验灵活掌握。木材在河里摆放好了，先在每根木材的蔸筒上钉上钉牛，钉牛上有铁环，用一根五六寸粗的栗木或者檀木做穿条，穿进钉牛的铁环里，然后用棉麻藤或者桐麻绳、综绳子捆绑紧。排的尾部也要用棉麻藤捆绑紧。这样，木排在河流中行进，才不至于在石头上撞烂，才能保证安全。

放排要河里涨了水才能放，水小了放不走。那时候，放排不分四季，不管寒暑，都不能停工。有一年冬天下大雪，天寒地冻，放排人不讲任何条件，坚持出工。他们扫去木材上的冰雪，下水扎排，把排放到渔洋河洋古潭木材场了才上岸回家。不少放排人的手、脚、腿都冻开了口子，还坚持干，那可真苦啊！

放排人在排上撑排气势磅礴，挺壮观的。有一次，小河里几块排几乎连在一起了，大水浩荡，汹涌奔腾，木排顺流而下，木排上的放排人个个赤身裸体，一丝不挂，人人英姿焕发，奋勇向前。马岩墩上几个采茶的姑娘看得目瞪口呆，一个姑娘拉住另一个姑娘问：“你看什么啊？是看人还是看排？只怕是在看别的什么吧！”那个姑娘一脸通红地说：“我没看，我没看，我什么也没看见！”引来众姑娘一阵嘻嘻大笑。

有时，木排一天放不到洋古潭，需要在小河中途歇一晚，要找人家讨歇，还要防备突然变天下雨涨大水，就必须用桐麻绳或者棕缆子把排拴在岸边大树上或者巨石上，以免被洪水冲走。

放排人一年上头忙在水里，忙在木排上。他们天不亮起床，点着油亮子（也有的点煤油灯、桐油灯）做早饭吃。吃了饭就出门，出门时天上的星星还在闪烁，爬坡上岭，下山蹚水走一二十里路才到小河的上游木材场。一到就忙着扎排，扎起了就放。直到天黑了，才背着星星回家。然后做饭吃，有的家里弄好了饭等着他们回来吃。一天劳累十几个小时，睡一觉了起床，天不亮又出发。

不知什么原因，那时候那么苦，那么累，放排人还那么积极，那么热情，百折不挠地战斗，百折不扣地完成上级交给的任务。

放排的人要胆大心细，技术好，水性好。木排在急流险滩上，顺水而下，速度比汽车还快，你要是害怕，要是晕排，忘记了站稳脚，忘记使用手里的竹篙竿，木排一下撞到石头上，轻则木排散架，重则人员伤亡。放排人手里拿着竹篙竿，应当什么时候撑，什么地方撑，应当撑在哪里，甚至撑在哪个石头上，那都是有讲究的，有技巧的。有一次，一个加入水运连队不太久的人，上了排，排顺水而下，他感觉头晕，心里发慌，竹篙竿没撑到应该撑到的地方，木排一下子撞到了一个大石头上，顿时就散了架。那个放排人一下被甩落水中，好在散了架的木排没夹着他，没撞到他，也就没伤着他。他水性好，游到岸边爬上了岸。在其他几位放排人的帮助下，把木材赶下潭，收拢到岸边，重新再扎排，在老师傅的帮助下，才把木排放到了洋古潭。

在最艰苦最困难的年代里，父亲和一批放排人被评上了模范，参加了县里的表彰会。父亲得到的奖品是一个搪瓷洗脸盆。那时我已在五峰一中读高中，他把奖品洗脸盆送给了我。而我不久却因吃不饱饭，竟然用那个印有“奖”字的洗脸盆找同学换了饭票！我真是一个败家子儿呀！现在回想起来，心里好痛好痛，我真对不起我的父亲啊！

不久以后，水运队精简，不住地裁员，放排人越来越少。

最后坚持下来的放排人终成正果，摇身一变成了林业工人，吃皇粮，拿俸禄了。但那少之又少，我父亲、我岳父、我岳父的舅老倌上十人，最终只有两个人成为正式林业工人。他们以后都去了林场，植树造林、封山育林、保护森林，为林业的发展做出了新贡献。

放排这个行业早已消失，并将永远消失。

小河放排人，十有八九已经作古，但许多人的音容笑貌及其故事还被当地人讲着。

（原载 2021 年 8 月 28 日《三峡日报》）

大哥

我们兄弟姐妹现在健在的还有六人，叫我大哥叫得响亮，叫得热烈，叫得亲切，叫得我心花怒放，叫得我心里甜蜜蜜的，暖暖的，真比吃蜂蜜还要甜十倍、百倍，这种暖心、甜心的感觉，用倍数根本衡量不了。

我是我们这个家族中真正的大哥大，我们兄弟姐妹六个，我比他们的平均年龄长20岁，他们无一例外地在称呼上用“大哥——您”或“您——大哥”，没有一个用“你”称呼我的。而在现实生活中，兄弟姐妹中称“您”的少之又少，反正我没有见过，没听到过。

在我同一个爷爷的大家族中，堂兄弟堂姐妹二十多人中，我也是老大，也是大哥，他们也都敬爱我，尊重我，无一人用“你”来称呼我，都是您长您短的。在我们小家庭中是老大，在大家族中也是老大，上苍赐给我的这份地位，我不接受也不行，兄弟姐妹不承认也不行，毕竟我比他们多吃了好多年豆腐！

我的朋友们也都叫我大哥，哪怕我大他们二三十岁！

一次，一个小我二十多岁的朋友叫我大哥，我开玩笑地说：“我大你二三十岁呢，还叫我大哥呀?”

他哈哈一笑说：“那你说我应该叫你什么呀？叫你大伯？还是叫你王叔？你好意思答应吗？你有胆量答应吗？”

我连连摆手说：“不能叫，不能叫，叫了我真不敢答应！叫了就生分了，就丢掉了那种亲密和情意！”

朋友们也都奉承我说：“你说话做事就是大哥的范儿，我们打心眼里乐意叫你大哥。”

大家都叫我大哥，我也乐意朋友叫我大哥。一声大哥，让我们更亲近，更亲切，更贴心。

长兄如父，中国人自古就把大哥抬到很高的地位，对大哥赋予了太多太多的爱，太多太多的情啊！人的一生能做上大哥，那是前世修来的福啊！那是上苍奖授你至高无上的荣誉和地位啊！

我有一个在北方工作的亲弟弟每年除夕和我生日那天都要给我打电话，在电话里说“大哥好，给您拜年！”“大哥好，祝您生日快乐！”二三十年来，年年如此！那是兄弟之情，骨肉之爱呀！这种情，这种爱，比山高，比海深啊！

我要争做一个好大哥，争取做一个最好的大哥！

我现在最爱听唱大哥的歌，读写大哥的书，看画大哥的画和有大哥形象的电影、电视剧。唱得我泪流满面，看得我笑逐颜开，听得我热血沸腾，如痴如醉。老伴笑着对我说：“又不是唱的你，你高兴什么，激动什么呀？小心高血压，小心心脏病呐！”

现在出了一个新情况，叫我大哥的人更趋于年轻化！五六十岁叫我一声大哥，我还能接受，三四十岁的人叫我，总感觉有点别扭，我可是跨进八十岁的耄耋老人啊！你们好意思叫，我可不好意思答应啊！但转而一想，他们这样叫，自然有他们的道理。他们这样叫，缩短了我们年龄上的差距，拉近了我们的亲切关系。他们是希望我年轻呐！是在祝福我永远年轻啊！想到此，我也就心安理得了，平添几份骄傲感！

为当好大哥，不辜负这个名号，我经常提醒自己，检查自己，鞭策自己：我这个大哥当好了吗？称职吗？

（2021年8月8日）

愈老愈念童稚趣

——小河记忆

人生易老，不知不觉就跨进了八十岁的大门。人老了，难免回忆自己的人生旅程，愈老愈念童稚趣。

兵荒马乱时期，父亲躲兵逃夫，藏进大山深处，在湖北湖南交界的十万大山湖南一侧一个叫八峰山的村子里安家落户，开荒种地，娶妻生子，我就在那里来到人世间。我的童年很苦很苦，两岁丧母，继母狠毒，我忍受不了拳脚、棍棒交加之下的肌肤之痛，就经常独自一人逃离家门，跋山涉水，步行五十多里到湖北五峰渔洋关一个叫小河的河岸边的爷爷家中居住。爷爷家在樱桃山下，马岩墩对面，中间隔着一条绿水长流的小河。从此，我就经常到小河，住小河，同小河结下了不解之缘。

那时小河里鱼多，清江的大鱼、小鱼、各式各样的鱼成群结队，络绎不绝地游到小河，安家落户，乐不思归。那时候一个潭里三五斤重的白甲鱼有几十上百条，斤把重几两重的成千上万条，潭里滩上尽是鱼。我经常在离爷爷家最近的石板潭边玩水，坐在水里沙滩上，成群的鱼儿围着我转，鱼儿很机灵，我一动，想用手去抓它们，它们一下子无影无踪了。

那时候，人们喜欢在河里摸鱼。摸鱼就是凭一双手在滩上岩洞里抓鱼。那时鱼真多，一个人不用多长时间，就能摸到一别篓（一种专门装鱼的篾制篓子）鱼。我也跟着摸。我不敢到深水中、险滩上去摸，就在河边摸，摸鱼有技巧，鱼身上有涎，光滑，不容易抓住它。我抓不住，抓不着，就用撮箕堵住洞口，把鱼赶到撮箕里端起来，当然这样也搞不到多少鱼，但好玩，有趣。用撮箕还可以在岸边水草中搂虾子，虾子也多，大的有寸把长的，运气好的，搂的虾子也够吃一餐的。那时生活很艰难，物资短缺，唯独有鱼、虾吃。

下雨涨了浑水，钓浑水鱼也蛮好玩蛮有趣的。有一天下了雨，涨了浑水，我看到有人钓鱼，一钓一条，我好羡慕。我也想钓，可没钓鱼钩，怎么办呢？我看到婆婆刮洋芋的铁皮洋芋刮子就有了主意。我找来剪刀，把洋芋刮子剪下细细的一条，插在门缝别成钩。我又去屋旁边折了一根线麻物子，剥下皮撕成线状，搓成细细的绳子，再系上鱼钩。又找来一根细竹竿子，把线麻绳子系在竹竿巅上，又去屋前的田里挖了几条蚯蚓，就下河钓鱼去了。功夫不负有心人，鱼儿也自愿上我的钩，不一会儿就钓着了三条黄骨头，两条乌板，还有几条小土鱼，也算是满载而归。我也高兴得不得了，兴冲冲地拿回去要婆婆弄了吃!

那时弄鱼的工具和办法没有现在多，比较常用的就是格网、撒网、竹毫子，再就是去药铺里买巴豆闹。那时我人小，也想用撒网去网网鱼。一天，爷爷外出了，我悄悄把他的撒网拿了下河，撒网有七八斤重，我七八岁年龄，撒网根本撒不开，我试了一下，网没撒出去，人却扯跌倒了，腿也让石头划了两道伤口，还好，伤不深，没流出血来。

还有一次，有人用巴豆闹鱼，巴豆磨成的浆，要发汗，那次汗没发好，药没得力，鱼没闹着。只少量的鱼中了小毒，没闹死。我也去赶了闹，转身时，在棺材石潭沙滩边上，看见一条鱼中了毒，翻了白，我就一舀子舀着了，拿回称，三斤只差二两。别人都是空手而归，只有我一个小伢子提着一条大鱼回家。

我喜欢小河，喜欢玩水，喜欢弄鱼，爷爷、父亲都不反对。有一天，父亲对我说："在小河边住，不会水不行，我教你游水去！"我随父亲下了河，一连几天，没学会。父亲说："我带你去长潭学，长潭潭大，保你很快学会。"我就跟着父亲去了长潭。长潭在石板潭之下，中间只有一条半里长的滩。长潭之大名不虚传：二三十丈长，五六丈宽，深不见底，有点儿吓人的。我跟着父亲下了长潭。他抬着我的下巴往深处游，要我使力用双手往前划。父亲抬着我的下巴往前游，游到深处了，父亲大声说："注意啊！用力游，双手不能停！"我点了一下头，他突然手一松，一个猛子扎到潭底。我顿时心慌，落入水中，呛了几口水，使劲用手划水，浮出了水面。双手不敢稍有停顿，使劲划，居然浮起来，游着往前进了。父亲游到岸边了，大声喊："加油！加油！"我使足力气，用劲朝父亲游去，居然不下沉了，游到了父亲身边。歇了一口气，我又下潭去游，上下左右游了几趟。父亲说："你学会了！成了小河里的会水人！"

如今我退休了，回到小河边，住在小河边，几乎每天在小河边走。在小河边上上下下，来来往往，我生活在小河边的往事一幕幕涌上心头，闪现脑际。我忘不了小河，忘不了在小河的过往，忘不了在小河边的童年。

童年虽苦，却有味道，老了常回忆，确实蛮有趣！

（原载 2021 年 10 月 21 日《法治日报》）

略说渔洋关白茶

五峰渔洋关一带是真正的茶乡，种茶、制茶、喝茶的历史源远流长，可溯历史上千年。成品茶种类也多，大类就有白茶、红茶、绿茶等。现在时兴喝绿茶，原先大多数渔洋关人都爱喝白茶。

过去的白茶一律手工制作。鲜叶采摘后，放在铁锅里干炒，叫作萎凋，鲜叶萎凋后，萎而不糊。茶叶萎凋后，用双手边炕边搓揉，直到搓揉成条索状，用小火炕干，即成白茶。为防回潮，干茶再晒一二日，可以放久远。精制的白茶，条索纠细而紧密，干枯不碎，浸水不散，白茸裹身，清香飘逸。茶汤浅黄，味浓郁，甘甜爽口，沁心润肺，提神醒脑，余味绵长，实是待客之上品，送礼之佳茗。

泡白茶须用陶罐（当地人叫茶罐），陶罐泡的茶独具风味。当地人说，茶叶与金属相克，金罐银罐比不上土制的陶罐。在渔洋关有些地方，泡茶的程序也是极其讲究的：先将茶罐洗净擦干，放在无烟火上烤热后，抓适量茶叶放入茶罐里，继续在火上烘烤，并不停地摇动茶罐，让茶叶均匀受热，待茶叶烘烤出浓郁的香味，就往茶罐里冲入少许开水，叫发窝子。窝子发后，盖上茶罐盖子，不让香味外溢。稍后，冲上半罐茶水，将茶罐放在火边煨或火上炖数分钟后，再冲开水使其满上。略煨一会儿，便可自饮或奉客了。

（原载2004年1月30日《宜昌日报》）

漫话五峰老城

五十年前我被招工到五峰县文化馆工作，三十年前调离县文化馆回渔洋关文化分馆工作，在老县城工作了二十年，留下了深深的爱恋。这里是我的工作单位我的家，是我的第二家乡。乡愁无限，乡愁难了，时时魂牵梦绕想回家看看。人老了，这种乡愁更甚，欲罢不能。

2019年11月初，有幸应邀参加县文联组织的五峰镇文化采风活动，让我的期盼如愿以偿。冬日暖阳里，风轻，气爽，我漫步在古城，寻觅曾经的风景。我首先驻足曾经的县文化馆门前，放眼四野，思绪万千。同前几年回文化馆探亲时的最大变化就是视野开阔了。天池河上的超市、商场、店铺、酒楼全部被拆除，不见踪影了，让城内的天池河段重见天日了，人们再也没有那种拥挤、臃肿、障眼、堵心的感觉了。五峰镇党委、政府的这个高瞻远瞩深思熟虑但又非常艰难的重大决策，消除了难以预测的重大自然灾祸的隐患！

通过几年的治理，死河复活了，河流畅通了，河水变绿了，鱼儿自由自在逍遥游了。天池河两岸店铺鳞次栉比错落有致，店内商品琳琅满目，应有尽有，店主同顾客选物论价，谈笑风生。街道显得开阔了，更有生气了。两岸人员隔河毫无障碍地交谈，欢声笑语不绝于耳，让人心旷神怡，备感幸福。

我随意漫步在沿河大道步道上，不知不觉就走到了安化桥桥头。我不由自主地陡然停住了脚步，心里兀自颤抖了一下，一下子回想到我结扎节育的第三天。我还躺在病床上，我的小儿子在桥头不慎摔到河下，手腕骨折，多处受伤，万幸掉落在沙石上，又有热心人及时救护送医院治疗，否则后果不堪设想，只因当时桥头马路上没有护栏！

一声“王老”把我从悲戚的回忆中惊醒过来。熟人见面，我点了点头，没有交谈，我就走上了安化桥。安化桥建于清乾隆二年，始为木桥上盖古瓦，东西横跨，名得胜桥。乾隆四十六年夏被洪水冲毁，同年十月知县史伟烈倡修，改建成双孔石拱桥，长二十二点四米，宽五米，高六点五米，更名为安化桥。1981 年五峰县人民政府复修，1993 年宜昌市人民政府将其列为市级文物保护单位。

安化桥几经修建，已是今非昔比。我看见桥上人来人往，络绎不绝，欢声笑语，不绝于耳。石桥、石柱、石护栏，好多人倚依护栏俯瞰天池河，仰视五峰山，谈天说地，欢天喜地，幸福快乐感溢于言表。桥头两岸步道上，安装了坚实、美观的护栏，修建了大大小小的花坛花盆，栽植了各色各样的花木，草翠花艳，人们来往于步道上，安心、安全、安逸，再也不会有人摔下河的事故发生了。

我在安化桥上，伫立良久，凝思良久，继续漫步前行到东门隧道洞。东门隧道于 2018 年 5 月竣工。我步入洞内，在人行道上一步一步走着，一步一步数着，走了 731 步。走出隧道，听到了山溪的潺潺，看见了一片片茶园，一座座青山，一幢幢农舍。隧道一头是城镇，隧道一头是乡村，一条隧道连着了城乡，缩短了城乡的距离。汽车出隧洞，走上省道，走上国道，走上全国各地，一车车商品运进城内，一车车山货土特产运出城外，运向全国各地。

我坐在洞外石墩上小憩片刻，又步行返回，还是 731 步。走出洞口，走进城区，漫不经心地走到原县大礼堂前，登高望远，我看见了雄伟壮观的曦和楼、东门楼，看见了令人肃然起敬的东山烈士纪念碑，它们见证了五峰镇的古老历史和光辉的革命历史。五峰让人们敬仰、让人们向往。

华灯初上，全城灯火阑珊，我徜徉在文化馆前，人们成群结队地漫步在天池河两岸，进入甜蜜幸福的夜生活。我似乎听到，兴文塔在自语：我镇住了文脉，保住了五峰人才！五峰山在说：我镇住了地脉，保住了五峰的好风水！

欣欣向荣的五峰镇的明天会更辉煌更灿烂！

（原载 2020 年 12 月 29 日《三峡日报》）

那年雪真大

那年雪真大。

那年是 1968 年。

那年进入冬季，天气就被雨雪垄断。农历十月十六，天气晴朗，阳光和煦，风和日丽。我说这天气真好！我老婆说：你知道今天是什么日子吗？我摇头。她说今天是寒婆婆打柴的日子，天气好，寒婆婆就把柴打回家去了，她是神仙，她有柴烧了。凡人就没柴烧了，天就要下雨了！今年一定是个寒冬！你也要学学寒婆婆，趁天晴多背点柴回来，你看我也快生了，烤小伢的衣服、尿片子，要烧蛮多柴的呀。我半信半疑，但还是表态说，我今天背一整天柴，背够烧一个冬的柴！吃过早饭，我就背起背架子上山，真的背了一整天，背了一二十脚（背架）的柴。一天背下来，人也累了，全身都疼，就早早地上床了！第二天一早起来，开门一看，真的变天了，下雨了。

下雨了，连续上十天都下雨，一时阴，一时雨，一时晴，十天以后变阵了，刮风，下雨，太阳退居幕后了。月末，开始下雪了，雨夹雪，慢慢地雪占了上风，雨渐渐败下阵来，冰雪独尊，冰天雪地，世界一片白皑皑的了。道场里积雪厚厚的，一脚踩下去，有两三尺深的雪坑。屋檐下垂吊的凌勾子长的有两三尺长，茶缸子那么粗。屋旁水田里结了冰，有小伢子在上面滑冰了。屋后水井的水也结冰了，砸开窟窿才能舀出水来，水端进屋倒进水缸里，不一会儿就结冰了。水瓢放在水缸里，一会儿就结了冰，拿不起来了。

真是滴水成冰哪。我们屋右边的广播线结冰有卡把粗，一根电线杆压折断了，一长排十几根电线杆跟着全倒下了，广播全哑了。我家门前对面黄龙洞悬崖顶上结的冰柱一排排，长的有丈把长，尺把粗，像垂吊着的白色钟乳石，玲珑剔透，壮观极了，化凌时，冰柱落地犹如岩崩、垮山，几里路外都听得到轰隆声。

我们屋左边不远处一个李姓村民，家里有老有少要柴架火烤，他上崖去砍柴，不料冰柱折断，大腿骨给砸断了，落下终身残疾。我们屋前道场外有一棵两人牵手粗的木梓树，树冠树枝积雪成冰，一阵大风把它吹翻了篼。我们屋场几个小朋友，堆砌一个丈把高的雪人，个把月没化，巍然屹立，成了一道风景。真可谓小雪未到大雪飘，大寒抢先冬至到！可惜那时没有照相机，也没有手机，没能留下雪景照片作纪念！

腊月初五，我大儿子满月，按当地风俗，坐满月子的老婆要出窝了。出窝就是背着出生一个月的儿子去公公婆婆家或者外公外婆家，让他们看看刚出生的孙孙。我们决定吃过早饭去。吃过早饭就出发了。因为头天晚上又下了一夜的泡雪，已经结成冰的雪上又落下了厚厚一层的泡雪，路上更溜更滑更难走。我们去儿子的爷爷奶奶家，有四五里路，出门就是一面大坡，我背着儿子，牵着老婆的手，一步一步往下挪，一不注意就会滑倒在地。好在沿路有各种树木，我们抓着树枝在路上艰难地往下一步一步移动着。眼看下坡要走完了，我一大意，一下摔了一跤，儿子从背笼里摔了出来！我和老婆吓坏了，连忙去把儿子抱起来。儿子竟还睡着没醒！好在昨晚下的一场泡雪，厚厚的、软软的，我们虚惊了一场。

再往前走就是平路了，虽然路上还滑，但不会跌倒了。不一会儿就到儿子爷爷奶奶家了。这里也是我的老家老屋场：马岩墩下小河边赶子坪。我 1967 年去黄龙洞门口的马岩墩上的老婆家结婚。老家那里的雪没马岩墩上大，但也不小，只是冰凌小些。1987 年，我们在我老家旁做了新屋，一直住到现在。搬到赶子坪新居以后，再也没见到 1968 年冬那么大的雪，总觉得雪一年比一年下得少，下得小，根本就没见过冻凌了。现在一年难得看见下场雪。即使下雪，一落地就化了，无影无踪了！

前几年，也下过雪，下得也不小，山上山下都下白了，但没有冻凌结冰，屋檐下也不见凌勾子了，更没有那么大的千奇百怪的冰柱了，也没有滴水成冰、水田结冰有人滑冰的景象了，也没有那么多的雪可以堆雪人了。太阳出来一晃，雪就很快融化了，销身匿迹了。为什么雪下得少了，甚至不下了？即便下了雪，很快就融化了。真是气候变暖了吗？气候为什么会变暖呢？气候变暖对地球对人类有什么影响呢？

是不是再也看不到 1968 年那样的大雪了啊？

（原载 2021 年 12 月 25 日《三峡日报》）

冬天的味道

冬天的早上，我掀开热被窝，穿上棉衣，起床后的第一件事就是生炉子发火。我家在农村，不缺烧柴。昨晚就已经准备好了今天所需的柴火。打开火炉门，放几块劈柴，在上面滴点儿酒精，点燃酒精，引燃柴火，炉子里的火就熊熊燃烧起来。灌满炊壶的水，放在火炉上，不一会，水烧热了，就倒出来洗一把热水脸。然后，坐在火炉边等炊壶的水烧开。火炉子通风好，火很旺，不多会，水烧开了。我把泡茶缸子用开水烫一烫、冲一冲，把水倒掉，抓一点点茶叶放进茶缸子里，倒点开水，发好窝子，一两分钟后，再倒进开水至三四成满。约一两分钟后就可以饮用了。抿一口茶，口舌生香，心清气爽，全身也感觉热乎起来。再饮上几口，就去晨练了。

出门前，先加件衣服，戴上帽子和口罩，系上围巾，做好出门的准备。打开门，一阵寒风扑面而来，全身微微颤抖了一下，身子顿觉冷了几分。迎着寒风，走上沿小河的公路，先是缓缓而行，慢慢加快一点点速度，慢步变快步，不一会全身就发热了，就又稍稍减了点速度，继续缓缓而行。约三四百米后，到了小河的新大桥，见桥上的环卫工人已经上班，清扫落叶，拾掇垃圾，保持着公路的清洁。他们真早啊！

从小河大桥沿小河步道下行两三百米，就到了国家投资一千多万元治理好了的马岩墩滑坡工程，滑坡护坡上的木梓树上成群的小鸟叽叽喳喳，飞上飞下，啄食木梓树上的木梓，欢快跳跃，生机勃勃。我不由自主地掏出手机，拍了几张小鸟欢快啄食的画面。又行进约三四百米，到了三房坪村居委会门前，这里是五峰新县城渔洋关镇和三房坪马岩墩村组的城乡结合部，从城里搞晨练走步、跑步出来的人到此处便转身，男女老少，成群结队在这里相遇，“你早、早上好”的寒暄不绝于耳。我再前行三百米左右就到达去县城的公交车站点，也是我每天散步的终点站，到此便转身，打道回府。我缓慢而行，走到鏨磨石潭，身后忽然驰来一溜儿小汽车，停在潭边公路上，车上的人一个个走出车来，径直朝鏨磨石潭走去。他们在潭边大堤上停下来，脱掉衣服，扑入潭中，龙腾虎跃，劈波斩浪，斗勇争先，好一幅生机勃勃的冬泳健儿图！我向他们敬了注目礼后就直接回家了。

回到家里的院子里，我又被花木盆景吸引驻足了：几蓬一串红仍艳艳地红着火火地开着，都没有退群的意思，一树树茶花伸张着圆嘟嘟的蕾骨儿含苞待放，那盆友人驾专车行数百里从湖南给我送来的一钵腊梅，树枝上隆起一个个小苞苞，正在孕育着花蕾……虽然是隆冬时节，却似春光乍泄。但举目一望，马岩墩上，鸡公嘴上，天堰坪上，樱桃山群峰之巅却银装素裹，被严寒垄断。

我走进家门，老伴已为我准备好了美味佳肴，热气腾腾，香气扑面。看来今天早餐之后，又要同书结伴，享受书香了啊！

（原载 2021 年 2 月 8 日《印象红磨坊》公众号）

最爱彩霞漫天时

有一年，记得是九月份，我去宜昌看望一个刚出医院的朋友。傍晚乘车回家，在一个叫潘湾的地方看见西边天空红霞漫天，极少的云彩变幻各种形状镶嵌其间，似龙腾，如虎跃，似雄鹰展翅，如仙女曼舞，亦真亦幻，亦动亦静，天象圣景，美艳绝伦，我如醉如痴，忘乎所以。

车行了一段路，我突然想道：这么壮美的天象奇观，怎么不拍照片留作纪念啊！我急忙拿起手机，可惜错过了最佳时刻，大美的景象已经渐渐隐去，我遗憾地赶拍了一些将要消失的晚霞，虽然不甚理想，但还是选编了一组照片发到朋友圈，没想到竟然秒赞不断！要是我最初一看到那美轮美奂的绚丽景象拍下来，那该是什么效果啊！遇到了机会，却又放走了，留下了深深的遗憾！

不久，我清早沿家门口的小河步道散步，看见小河水湛蓝湛蓝，再仰望天空，也是湛蓝湛蓝，无一丝儿云彩，像是被纯净水冲洗过了一般。天蓝蓝，水蓝蓝，我不由心里惊叹，好美啊！我继续沿小河岸边公路往前走，走了几步，驻足俯视小河流水，仰望小河上空蓝天，那天那水，一模一样的色彩，蓝得让人心醉！我拿出手机，一气拍了好多好多照片。我点开手机图库，检视自己拍摄的照片，蓝天蓝水同框，小河天际一色，真正的天水一色啊！我忍不住发到朋友圈，瞬间一派赞美之声。事后，我再回看我的照片，总觉得拍摄的角度选得不是很好，蓝天蓝水以外的景观不太理想，有点儿杂乱无章的感觉，我就想再拍一些这种水天一色照片珍藏。接着一个星期，我每天早早地去到拍过照片的小河边，可再也没见到同我那天看见的一样的景象了，不是水天色彩各异，就是阳光、蓝天、河水不相协调，蓝天无法显影在水里。以后，我还多次去过那里，可那种天水一色的胜景，再也没看见了。真是遇到不抓到，过时就晚了，过时了就再难以复制了啊！

在我的生活中，这种可遇不可求，失之交臂，留下遗憾的事屡屡发生。1982 年 5 月，长江文艺杂志社和宜昌地区群众艺术馆在湖北省化肥厂举办了一个月的小说培训班，我们县有胡庆武、方一方和我参加。那一次培训班取得了丰硕成果，著名作家鄢国培就是那次培训班的佼佼者。在培训班期间，我也写了《翁婿之间》的短篇小说。但我那时很内向，不敢请教老师，也很胆小，丑媳妇怕见公婆，没把《翁婿之间》的稿子交上去。回到县里后，我才抄写了寄给《长江文艺》编辑部小说编辑吴芸祯老师。吴老师很快就回了一封长达 5 页稿纸的信，热情肯定了我这篇小说，并提出了非常具体的修改意见，要我赶紧修改后再寄给她。她在信的末尾写道："你是能写出好小说来的，希望你好生为之！"我大受鼓舞，在搞好本职工作的前提下，挑灯夜战，急急忙忙修改了一遍，匆匆忙忙寄给了她。未过多久，吴老师来信说："你的这篇小说已经改得不错了，只是题材似乎过时了点，类似题材的作品，我刊已经发了多篇，希望你投其他刊物一试。"我连忙又投给了《芳草》，《芳草》编辑很快编发送审，但在终审那儿被主编刷了下来。看来，我这篇小说还是差那么一口气儿。试想：我当初在培训班上，把稿子交上去，当面请教老师，请老师提出修改意见，在培训班上认真修改，反复请教，反复修改，说不定这篇小说就登上了《长江文艺》。那样会对我是一个极大的鼓舞和鞭策，我也许会一鼓作气写出一些作品来。可是，世上没有后悔药，机会错过了，就失去了。一次很好的拜师求教机会被我不经意地放弃了！我辜负了吴芸祯老师的鼓励和希望，没能“好生为之”，至今没写出“好小说”出来。

机遇不可求，遇到莫放手。上个月初，我在深圳的一位朋友打电话对我说：“您是《中国文化报》的老订户、老读者、老通讯员，在《中国文化报》上发表了一些稿子，还有别人在《中国文化报》上发表了不少评说和报道您的文章，报社对您很熟悉，很了解了，您发一组作品过来，争取在9月下旬深圳文博会期间出一个专版。”我毫不犹豫就答应了，在我拟出版的散文集中挑选了一组稿子发了过去。《中国文化报》驻广东记者站站长谭志红审读后说：“王老师的散文充满了浓浓的乡土气息，如一幅幅美丽的画面，画出了山乡巨变、世事变迁、人间冷暖，充满了烟火气，其中有青山绿水好人家，更有对这片土地的热爱和眷念。”这组散文很快通过一审、二审、三审，直至终审。《中国文化报》9月24日用一整版的版面刊发了《乡土作家王永红散文精选》（三题）。这次我遇到了机会，抓住了机会，顺势而为，小文章终于登上了大报纸！

我是一个文学老年了，但还是要抓住一切机会，力争多写点作品，把作品写好点，耄耋老人也要做做青春梦！

（2021年9月25日）

朋友趣事

韩永强

韩永强，多年任《三峡日报》副刊部主任，《西陵峡》文艺副刊主编。

我是《三峡日报》的老通讯员，《西陵峡》的老作者。在《三峡日报》前身——《宜昌报》时期，我还在读初中的时候就给《宜昌报》写稿，一直到1962年高中毕业回到农村，继续是《宜昌报》的通讯员，1964年我被评为甲级模范通讯员，第一次走出五峰大山，参加了报社的表彰大会。我的诗歌处女作《天亮不忘五更寒》就是在这期间创作发表在《宜昌报》上的。从《宜昌报》到《宜昌日报》，再到《三峡日报》，我至少当过二十次以上的模范通讯员，还获得过征文奖、写作奖。到了韩永强主事文艺副刊《西陵峡》的时候，我可以说是一发而不可收了，每年发表20篇以上。

我给《宜昌日报》寄稿子，韩永强给我编发稿子，两三年里互不认识。他经常破例给我发作品，小小说同期发三题、四题多次。有人就问韩永强："王永红女士何等美丽，你竟然这么舍得版面用她的稿子？"韩永强说："我真不知道王永红是男还是女，也不知她有多美。

但人家的稿子就是适合报纸的标准，也对我的口味，所以就发得多了。”一直坚持了两三年，直到有一天韩永强到五峰采访，宣传部接待人员喊：“王永红，《宜昌日报》韩主编要见你！”我走上前去，一下子握住他的手，连声说：“感谢韩老师！谢谢韩主编！”韩永强哈哈一笑说：“王永红呀王永红，你怎么是一个男子汉呀？我算被冤枉了好几年，说我给美女开了绿灯，重女色轻男士！冤案哪！”从此我们就成了好朋友，“老哥子老哥子”叫我叫了一二十年。

但他的原则性也极强，有一次到渔洋关文化站，对我说：“前几天的《西陵峡》编选了你的小小说《俊老》，已经排好版，但在反复阅读之后，总觉得欠缺点什么，我就撤下来了。你的稿子我们是很慎重的，不能随便发，怕掉了你的身价呀！”

近几年来，他为我的长篇小说《父爱》写评论，为我的几本诗集作序。我非常非常敬重这位老师和朋友！只是让他背了几年的重女轻男的黑锅，我心里总觉得对不住他！

胡庆武

胡庆武，五峰自治县渔洋关镇马岩墩人，曾任中共渔洋关镇党委书记、中共五峰自治县县委副书记，是宜昌市内下海最早的县级领导干部。

我们是同乡。

我们是朋友。

其实我先前同他二哥是朋友，是好朋友。他二哥后来调市里工作了，我们离得远了，他在市里，我在县里，来往少了，各有各的工作，联系自然也少了。慢慢地同胡庆武反而来往多了，联系多了，慢慢地成了朋友，成了好朋友。

胡庆武高中毕业后回了家乡。我们都是马岩墩人，他在墩上，我在墩下。他回乡了，当民兵连长，当民办教师。我在县文化馆工作。他去县里开会、办事、看病（治鼻炎），都要去我那里，或者住在我那里，亲密无间，好比亲兄弟。后来他招干，提干，读大学，我们鸿雁传书，书信往来没停过。那时没有手机，多用书信。后来他当官了，先是渔洋关书记，再当县委副书记。他是领导干部了，我依然是一个县群众文化馆的工作人员。职务有了高低，但我们的友谊依然如故。

有人不理解，问胡庆武："胡书记呀，您怎么对王永红这么好呀？"

胡庆武把那人看了一眼，说："因为他是我的启蒙老师，你说应不应该对他好？"

那人无言以对，只好点点头，说："那是！那是！"

有一次朋友聚会，胡庆武夫人张俐丽在场，话题不知怎么就讲到了我同胡庆武。

张俐丽说："你们不知道胡庆武对王永红有多好，爱有多深吧？"

有人摇摇头，说："两个男子汉，还有爱呀？"

张俐丽哈哈一笑：说："怎么没有呀！快要超过我了！"

众人不信，摇头如拨浪鼓。

"你们不信？那就我讲一个事儿你们听听吧。"

张俐丽接着讲道：

那年我坐月子，有一天早上，我喊胡庆武，"快断炊了，你去买点米买点菜回来吧！"胡庆武答应一声就出门了。可他一走，我左等不见他回来，右等也不见他回来，真是赵巧送灯台，望不到他回来！一直到天黑很久了，他才把米和菜买回来了！我问他："你又到王永红那里去了呀？"他嘿嘿一笑："不去他那里，还能去哪里！一去就走不了，一大帮子人等着我呢！打牌，说书，讲创作，日白讲经，天南海北没得边，接着又品茶、喝酒、吃饭，一搞就走不脱了！老王留我，我能走吗？”我还能说什么呢！他跟王永红这么好，我真有一点吃醋了呀！我跟你们讲：“今后，你们星期天有什么事要找胡庆武，直接到王永红那里，绝对不误你们的事！”

现在，我们都退休了，友情依然在，往来更密切！

张纯

张纯，五峰土家族自治县傅家堰乡人。曾任三峡机场副总经理、海航航校办公室主任。她是一个很有才情的女子。

她喜欢读书写文章，是一个可以在文学路上走很远的人。她也快乐地做着色彩斑斓的文学梦。理想的工作岗位也在向她招手，一切都是那么阳光、那么美好、那么绚丽。她高兴，家人为她高兴，家乡人也都为她高兴。

岂知她的才情成就了一篇短篇小说《少女日记》，在一个县级文艺刊物《山茶花》上刊登了出来，却招来梦魇，差点断送了她的美好前程！

那是一个特殊的时期。有人把她的那篇小说当作错误典型批判。县里有关大会上，有人无限上纲，说是“腐朽的资产阶级思想”，“严重的错误思想意识”，甚至用上了“否定”“诋毁”“颠覆”等高危词汇。而且，会议精神一直传达到县直各部门、各乡（镇）、大队生产队。因此，一本错误的刊物《山茶花》名声大震，一个问题严重的青年张纯在全县闻名。已经参加县招干考试，且名列前茅的她失去了录取机会。一个十八岁的小姑娘，竟受到这样无情的打击和处理，她彻底失望了，美好的梦想被一棒子打碎了。

当时，我是这期《山茶花》的责任编辑，她的这篇小说是我编发的。县文化局负责人在会上点名批判："王永红自己读不懂的诗（刘学雄《山的曲线》）编发"，"有严重思想错误问题的小说（张纯《少女日记》）也编发"……我没辩解，但我不服气，我特别替作者抱不平。我没在会上辩解，却去找讲理的地方讲理去。我给当时的五峰县委常委、宣传部长曹家松写了一封长信，信中特别写了张纯事件的来龙去脉。第二天一上班，曹部长把我叫到他的办公室。我对曹部长说："张纯是一个很优秀的年轻人，已经通过招干考试了。她的那篇小说写的是美好爱情和年轻人追求事业的理想。除了写作上有些稚嫩，绝无那些上纲上线的问题。即使是有问题，也是我的问题。是我编发的，错误在我，也不应该算在一个小青年的头上。"曹部长一笑，说："你们都没有问题！我看了那篇小说，青春、阳光、美丽、憧憬，没什么错误意识！她这种积极搞好本职工作，又坚持业余文艺创作的精神应该鼓励！你放心，她的招干绝对不会有问题！"一场人为掀起的风波就这样平息了。张纯也就很快招工提干了。不久她被选为城关镇副镇长，不久，又调到三峡机场工作。

张纯提干以后，专门来谢我，左一个恩师，右一个恩师，永远的恩师，让我怪不好意思的。我说，我们是文友，是朋友，永远的朋友。以后，我们如同兄妹，如同父女，成了真正的忘年交！四十多年来，我们未改初衷，亲如家人！

（2021 年 9 月 3 日）

小河渔者之故人旧事

邹伯

邹伯，我们转弯抹角是亲戚，邹伯不是名字，是我对他的称呼。邹伯是小河边马岩墩人，喜钓，善钓，小河沿岸的人都知道他。他是吃鱼长大的，钓鱼长大的，钓的鱼比识的字多，吃的鱼比吃的肉多。鱼多的年代他钓鱼，鱼少的年代他还钓鱼。直到小河里实在钓不着鱼了，他才收起鱼竿鱼钩歇钓了。

但他还是念念不忘渔事渔市，喜欢人家跟他讲渔事渔市。他的好友也喜欢跟他讲渔事渔市。

夏日的一天，他们从小玩到大，已玩到一个花甲子的好友来看他了。那人姓王，石柱山上人，距他十几里路，过马岩墩，上转马楼就到他家了。老王那天上街办完事转身回家，在小河錾磨石潭，看到潭里有一群大鱼，数了数，有九条，都是两三斤重以上的。老王不会水，弄不到那鱼，就急急忙忙飞奔到邹伯家里，告诉了他看到的大鱼。

邹伯一听，连连摆手说："那不是鱼！是鬼！这小河里早就没大鱼了，只有小刁子鱼和土鱼了。哪里还有大鱼呀！那是鬼变成的鱼！你说的那个潭叫死人子潭，那潭里淹死过九个人，这不，恰恰九条鱼！”

老王听得目瞪口呆，胆战心惊，一想就后怕，叫声再见就回家了。

老王一走，邹伯把儿子一喊，拿了一个自制的土炸弹直奔錾磨石潭，到了潭边，他点燃炸弹扔进潭里，一声轰响，九条大鱼全都炸翻了。他们下潭捞起鱼，兴高采烈地回家了。

回到家，邹伯把鱼往地上一放，看了地上的鱼，心里陡然生起愧疚！对不起老王！他对儿子说：“我去趟石柱山，给老王送四条鱼去！这鱼是下大雨，发山洪，鱼塘里漫出去的草鱼。我不应该骗你王叔！”说完，找根木棒，挑起四条大鱼就出了门，急急忙忙朝老王家走去。

葛舅

葛舅，是真舅，姓葛的舅舅。小河边人，住在小河边，水性却不好。年轻时当过几年兵，转业后回农村，放了一辈子排，却不是会水的人，喜欢捕鱼，却没有捕鱼的本事。

一天将近中午，我同好友郭老师下河去用撒网打鱼，路过葛舅家。葛舅问：“打鱼去呀？”我们点头说：“星期日没事，下河撒几网去，弄几条鱼做下酒菜。”葛舅说：“就在我家里吃中饭，我们正在擀包面。”我们亲戚不假，不好客套，就说：“那就多谢您啦！”我们走进葛舅家，果然是在擀包面。我们坐下，葛舅跟我们筛了茶，笑着说：“包面还要会儿擀，你们帮我去把鱼摸回来吧。”我们不解，问：“哪里摸鱼呀？”葛舅说：“我昨天看到纸浆潭里好多的鱼呀，就去找人家要了一颗炸弹，今天上午我去炸了，炸弹一响，潭底里一片白呀！可我扎猛子扎不下底，看得到摸不到呀！”葛舅又直接对我说：“你的水性好，只有你才能帮我这个忙啊！”我能不帮这个忙吗？一是我同葛舅亲戚不假，二是我又喜欢摸鱼。我就答应了。我、葛舅和郭老师直接去纸浆潭，站在岸边朝潭里看去，潭底里真的一片白啊！我三两下脱去衣服，一个猛子就扎下了潭底，那鱼也真多，我嘴里含一条，每只手抓住两条鱼，脚往潭底用力一蹬，就浮出了水面。我如此一而再，再而三，扎下去，浮起来，个把小时就把潭底里的鱼全摸上来了，装了一大水桶和一洗脸盆，奏凯而归。葛舅喜极，连忙吩咐煮包面，倒酒。不一会儿，包面熟了，吃包面喝酒，喜笑颜开，谈笑风生，好不开心。吃饱喝足了，我们以为葛舅会分一些鱼给我们，就不准备下河打鱼去了。没想到，葛舅根本就不提起鱼的事！

我们也就只好悻悻然回家了。

向叔

向叔，小河边上人，水性好，水里功夫了得。我们是姻亲，他比我父亲年岁小一点点，故叫他向叔。他当过兵，教过书，务过农。水性好，常在河边走，就是不下河。喜欢看人家炸鱼，自己却从不下河去弄一条。

有一年大热天，中午时分，有人在他屋门前的鸡公潭炸了鱼，听到炸弹响，我和向叔直接跑到鸡公潭。潭里有五六个人在扎猛子摸鱼。我们坐在岸边看，没看到他们摸到多少鱼，仅几条刁子、乌板和土鱼。他们所获甚少，满脸不高兴，上岸穿衣，缓缓而去。

炸鱼人走后，我说：“炸这么点一点鱼哪，这么多人，这些鱼煮汤喝都尝不到鱼味呀！”

向叔说：“他们炸到了鱼，只怕没摸起来哟！”

我不解地看着向叔。

向叔把我拉到潭边，指着潭边的几个大石头说：“你看那石头上的鱼放的口子，应该有一条大鱼的呀，一条大白甲！”

“您怎么知道的呢?”

向叔说:“鱼都要啃食岩石上的泥浆，每舔啃一下，就留下一个痕迹，人们就说是鱼放的口子。口子越大，鱼越大。你看这口子有铜钱大，这鱼少说有三四斤。”

“三四斤？这么大呀!”

向叔拉着我的手，说:“我告诉你这条鱼在哪里，你去把它摸起来!”

他把我拉到那个潭的边上，指着潭对面的石壁说:“那水里的石壁中间有一道缝隙，有一个大点的洞穴，那条鱼准在那里!”

我不以为然:“真的吗?”

他斩钉截铁说:“口说不为凭，举手见高低!”

我点点头，跳下水，朝对面石壁游过去，按向叔指定的方位，一个猛子扎下去，摸到那个洞穴，真的有一条大鱼躺在那儿！我一把抓住那条大鱼，冲出水面，游到岸边，由衷地赞叹:“您说得真准哪!”

他哈哈一笑，说:“小河边上住的人，连这点功夫都没有，还叫什么小河人哪!”

炸鱼的人走远了，看不见了。

我们提着鱼回家了。

回家拿来秤把那条鱼一称，三斤九两八钱。你说玄不玄哪!

（原载《长江丛刊》2022 年第 2 期）

最后一个镜头

省电视台在拍摄专题《卫士》最后一个镜头时，《卫士》中的主人公方主仁居然拒绝导演设计的最后一个镜头！

方主仁是前河珍贵稀有原始树种群落自然保护区的管理员，年近花甲，是一名神枪手，被誉为自然保护区的保护神。20世纪50年代末，他在猎手老子的熏陶下，枪法就闻名乡里。有一年在护秋狩猎保丰收中，他竟在一个月内打死了三十头危害庄稼的野猪，受到当地人们的好评和政府的表彰。

他20世纪60年代初当兵，在全师射击比赛中，他以十发子弹九十九环的成绩夺冠。70年代中转业回乡当了民兵连长，在全县民兵连长、排长集训射击表演中，他弹无虚发，十发十中一百环，扬名全县。80年代初，他家所在地前河村被上面定为珍贵稀有原始树种群落自然保护区，他被上级指定为自然保护区管理员。

十多年来，他不分日夜，不分寒暑，不分雨晴，跋山涉水，踏云破雾，穿行、巡逻、查勘、守卫在自然保护区内，与珍禽异兽为伍，同古木巨树为邻。自然保护区内有多少珍贵稀有树种，每种树又有多少棵，他一清二楚。更使人惊异叹服的是，他能说出自然保护区数百种鸟兽的具体数目：多少只虎、多少只豹、多少只熊、多少只金雕、多少只银燕……他可以如数家珍，一一道出。人们听他讲后，无不咋舌称奇，赞叹不已。

他一声口哨可以调动、召集数十种鸟兽在你眼前的山坡或山岩或树上出现，一一展示其英姿，放开其歌喉。他还可仿其声，假可乱真，让你大饱眼福耳福。有一次，县里的一个小官儿，官小心不小，居然提出买一只活香獐回家去喂养。他望了那小官儿一眼，便兀地一声口哨，顿时，鸟兽尽散，无影无踪了，留给那小官儿一脸尴尬。自然保护区内有一条河，叫前河，河里怪石嶙峋，其石多有大洞小穴，有的洞大穴深，藏着大鲵，俗称娃娃鱼，是国家上了册子的保护动物，有人竟想偷捕，悄悄地溜下河，他看见了，便又一声口哨，顺手甩个石头至潭里，娃娃鱼便钻进了深水洞穴中。偷鱼人一脸懊丧，悻悻逃离。

珍稀树种原始群落名声在外，来参观的、游览的、考察的人每天成百上千，有时成千上万，来来往往，络绎不绝。但任何人休想在这里品尝山珍野味。有个不小的官儿曾经打过主意，想搞点山珍野味招待上面来的更大的官儿，方主仁当即点头说："那行啊，你自己上山进林子去捕猎吧！"人们都知道他有那奇绝的口哨声儿，谁还愿意空跑一趟呢？这些情景，这些故事，都已拍摄进《卫士》了，大家到时可以亲眼目睹，这里不必赘述了。

《卫士》拍摄得很顺利，很成功。拍电视的人很高兴，很满意。

昨晚，导演提出加拍一个方主仁的真实射杀香獐的特写镜头。这是方主仁可以大显身手的一个绝好机会，影片在全国上映后，方主仁的名声不仅扬名中华大地，或许还可以漂洋过海，闻名全世界呀！导演同方主仁磨了一个通宵，好话说尽道理说尽，他才勉强点了一下头。

第二天清早，太阳刚刚升起，方主仁一声口哨，一只香獐缓缓走下大山，慢慢走出森林，走到离拍摄现场百米远近的山岩上。那只香獐时而抬头朝摄制组方向望望，时而又朝太阳升起的天边瞧瞧。这时，一轮金色的太阳冉冉升起，正好照在那只香獐身上，香獐屹立在金光灿烂的阳光之中，摇头晃脑，不时在身后的岩石上擦痒痒，好生悠然自得，自由自在，如无人之境！

“好镜头！”摄影师大声叫好，兴奋不已。

导演示意方主仁做好准备。

方主仁举枪瞄准。

“拍！”导演挥手，一声断喝。

“呯——”方主仁扣动扳机，一声枪响，震撼群山，人们一齐朝对面山岩上望去，却见那只香獐摇头摆尾，无动于衷，仰头伸嘴啃下一片树叶，咀嚼得津津有味。全身上下，一片灿烂阳光。

“唉，神枪手也失手了呀！”摄影师怏怏地放下摄像机叹道，“可惜呀，多好一个镜头啊，唉！”

“好！又拍摄了一个好镜头！一个真正的好镜头！”导演高声叫好，一把握住方主仁的手，喜笑颜开道：“好一个卫士，果然名不虚传！”

（2021 年 12 月 30 日）

乡居村语

难忘小河木梓树

当你在五峰新县城沿小河步道行走时，就会看到步道边上的木梓树，一株株、一排排、一行行、一坡坡，青枝绿叶，颇为壮观。其实作绿化树，木梓树并不是最佳选择。木梓树一到秋天，几阵秋风吹过，树叶飘零后，满眼尽是枯枝，乌鸦择栖其上，哇——哇地嘶叫，有一种不可名状的苍凉感。

木梓树的真正作用不在于绿化，而是其经济价值，它曾经是小河两岸农村的经济支柱，有过风光时期，创造过辉煌时代。

木梓树当年在小河真是风光无限，独享宠爱。小河两岸，山上山下，房前屋后，田边地头，到处都是木梓树，马岩墩、樱桃山、沙滩口、牛颈坎、赶子坪、鸡化嘴、苏家台子、小河岭上……到处都是成片成林的木梓树。那些木梓树树大根深，枝繁叶茂，可遮天蔽日，可防风挡雨。到处都有一人环抱以上的大树、古树。小河岭上的两棵木梓树，人们叫它们小鸡公、大鸡公，小鸡公两人环抱不了，大鸡公三人环抱有余。木梓树树干高大挺拔，枝丫纵横，奇形怪状，神态各异，天生的自然景观，随便取来一段，就可以做一个极好的盆景，让人叹为观止。木梓树历经几十年，上百年，甚至数百年，采天地之灵气，集日月之精华，方能修成正果，长成擎天立地之大树，结出白玉一般的丰硕果实。

木梓树全身都是宝，树干是上等的建筑木材。枝丫是农家常用的柴火。木梓可以榨油，榨出的皮油可以食用，籽油是稀缺的工业用油。榨油后的梓饼是农村抢手的有机肥料。据当过生产队长的刘定成老人说，20 世纪 70 年代，他所在的民生大队第一生产小队，茶叶产量不足一千斤，而木梓产量超过一万斤。其经济收入无疑是生产队的老大，独领风骚。

木梓树春天开花，夏天育果，秋天成熟，霜降之后，经过霜冻冰凌，木梓的外壳裂开，蜕落，剩下白色的果实——木籽。一二十粒左右的木梓缀结在一起，像一束白色的花朵，长在一根小枝条顶上，就像一只白玉簪。木梓完全成熟时，就像千千万万支碧玉簪闪耀在木梓树树冠上，太阳一照，银光闪烁，照亮了农民的心头。木梓丰收是当地农民最大的喜悦。

木梓成熟了，就要收获，农民们要把木梓从树上[illegible]剃（当地说柯，方言 KO）下来。剃木梓时，用两三丈长的细竹竿子绑上剃刀子（小镰刀），人爬到木梓树上，从树顶上开始把木梓一爪一爪地剃下来，然后把一爪一爪的木梓捡在一起，扎成一小把一小把，再捆成大捆用背架子背回家，再用专门脱木梓粒的钉有竹钉或者铁钉的抓板，把木梓一粒一粒抓脱下来，然后去掉杂物，归仓待售，卖到榨坊或者收购木梓的专门机构。

剃木梓是一项十分危险的农活，剃木梓的人必须胆大心细，不能有一点粗心大意。木梓树枝丫性脆，容易折断。树上很滑，也容易发生事故。20 世纪 50 年代，马岩墩一个向姓青年农民，剃木梓时从树上摔下来，造成下身粉碎性骨折，卖了耕牛诊治，也没能治好，瘫痪在床六十多年，靠打草鞋、扎斗笠、织撮箕、编背篼挣钱养家糊口，一辈子艰难困苦。

木梓树的故事有欣喜，有悲伤，说不完，道不尽。

可谁会想到，称雄小河两岸的木梓树竟会在极短时间里彻底败亡、毁灭呢?

20世纪80年代初期，木梓树木材突然走俏，外地有人来收购木梓树，当地有人贩卖木梓树。开始少许人做这个买卖。不久就有大批的人参与其中。一时间，来买木梓树的人，往外卖木梓树的人，来来往往，热热闹闹，红红火火，只一两年时间，小河两岸的木梓树全被砍伐，无一幸免。

让人始料不及的是，小河两岸的木梓树断子绝孙了，茶叶却得到了大发展。农民开辟了一条崭新的农村致富之路。现在小河两岸的农村，家家户户人人是茶农，山山岭岭处处皆茶园，小河水绿，小河两岸山青，从此，小河两岸的茶农便有了金山银山!

（2021年7月29日）

白溢寨搜奇

白溢寨是鄂西南著名山峰，为鄂西南五峰土家族自治县群山之冠，位于五峰老县城五峰镇城西二十多公里处，山体长约九公里，宽约八公里。

白溢寨四面悬崖峭壁，如刀削斧劈的一般。山顶有黑峰尖、起鼓尖、白岩尖，三峰矗立，云缠雾绕。四十八股清泉在寨上喷涌，汇成清溪，水质奇特，为中国罕见的富锶低钠矿泉水。主峰黑峰尖海拔约2320米，以“田层高辟接层云，鸡犬之声天下闻”而称著于世。

《长乐县志》记云：“白溢寨高数千仞，春夏之交，雨霁天晓，东望宜昌、枝江，江水如带；西望蜀娃娃寨等处如蜂房；南望湖南诸山如点点青螺；北望施州郡县，若隐若现……洵邑中登览胜区也。”白溢寨现已载入《中国名胜词典》一书。

白溢寨屹立在清江南岸，其寨名来源于一则神话传说：“古时，巴人（土家族先祖）发祥地长阳清江中生长着两条珍稀美丽的神鱼，一条为红鱼，一条为白鱼。红白二鱼相偕，游遍天下灵山秀水，回归清江，总觉得还是家乡山水好。一日游到五峰万水千山之中，竟不愿再走了。红鱼落户五峰采花渔泉河南岸，白鱼安家北岸，从此便有了红鱼、白鱼的传说，经过千年演绎，就传说成了红鱼、白鱼两个地名。当地人逐步把红鱼叫成了红渔，白鱼叫成了白溢，又过了千百年，红渔有坪，就演变成红渔坪，白溢有寨便演变成白溢寨了。”

白溢寨山体独立，四周皆绝壁，唯南北两路可至顶。整个山体自下而上又形成两级陡壁，气势雄伟壮观。第一级陡壁上为面积约12平方公里的白溢寨，是数千年来土家人拥寨而守的聚居地。寨上有“上白溢”“中白溢”“湖坪”三坪，海拔在1100米至1300米之间。第二级陡壁更为壮观，绝壁高达1000米，长约5000余米，气势恢宏，在夕阳映射下，呈现出红、白、黄、青多种色彩，勾画出一幅壁立千仞的五彩画卷。上至第二级绝壁，有8平方公里的平地，人称天堰坪，树木稀少、矮小，一派风吹草低见牛羊的草原风光。草原尽处突起三座奇峰，主峰黑峰尖海拔约2320米，为五峰县第一高峰，也是华中地区第二高峰（仅次于神农顶）。

白溢寨有四大自然之谜。一是盛夏结冰，寒冬暖巢的洞穴奇观；二是平地巨石，一人踏地，周边百米均感地动山摇；三是神奇的稻米，煮熟后粒粒竖起，香软可口；四是海市蜃楼，夜间绝壁放五彩奇光。

白溢寨的神奇首先在于它的“湖坪”“绝壁”“洞府”等自然奇观。最高处的天堰坪，面积达3000多亩，传说有大、小二湖。一两百年前，土家先民曾在上面安营扎寨，刀耕火种，繁衍生息。清代长乐（五峰曾名长乐县，雍正三年改土归流后为五峰县）县令乔宇中曾留下诗句：“田庐高僻接层云，鸡犬声如天下闻。仿佛桃源仙境里，西面东作趁晴曛。”后因难御天灾，山顶上的人被迫迁移下山。

白溢寨山下有一湖坪千亩连片，良田沃土，盛产稻谷，其中有一块约半亩左右的稻田，不论四季，不论晴雨，不论昼夜，无论男女，只要脚踏上这块地上，一跺脚，稻田便随之抖动，用力跺脚，地动更烈，人们称这块地为“山摇地动”，抖动原因至今无解。

白溢寨西麓湖坪，有一成片的百余亩稻田，常年冷水浸润，所产稻谷碾成米后，三颗相接长达一寸，被称之为三颗寸。三颗寸煮熟后颗颗倒立，冰清玉洁，香甜柔软，食之可口，回味悠长，曾是进贡土司、皇宫的珍品。所以五峰有“白溢的米，红渔的烟，柴埠溪的姑娘赛神仙”之说。

白溢寨悬崖西壁，海拔 1735 米处，有一洞穴，穴内夏寒冬暖，大热天结冰，冻凌，伏天后即冰消凌溶，实为前所未闻、前所未见的世界奇观，吸引了不少中外专家前来探奇，可至今仍然是谜，已载入“世界之谜丛书”。

在白溢寨中岩中还有一天然洞府，当地人称为寨洞。《长乐县志》记述：“明末土司唐镇帮为其舅父田双云建帅府于此”，号称藏军洞，唯石径一线可攀缘上去，真可谓一夫当关，万夫莫开。寨洞洞口宽约 7 米，高约 12.5 米，前沿有条石筑就的戍台，高约 5 米。洞右侧高约 4 米处有阅兵台。在白岩尖半壁间，还有一藏金洞，据传为土司藏宝库，满藏土司搜掠来的金银珠宝。土司藏罢财宝，令人凿毁石阶栈道，尽杀石匠以灭口。后来无数探奇寻宝人望洞兴叹，扫兴而去。

白溢寨的神奇不仅在于其山体雄伟，更主要的是她拥有几千年的历史文化沉积和浓郁的土家风情。寨上湖坪人文古迹繁多，古土司衙门、月拱桥、望湖楼、仙女观都有数百年历史，遗迹尚存。古朴的土家民居星罗棋布，与竹林、棕树相映成景，构成一幅寨上江南的优美图画。白溢寨上土家风情浓郁，跳丧舞、放风灯、唱堂戏，至今仍沿袭不衰。白溢寨的民间艺术，源远流长，堂戏在这里流传了三百多年，跳丧舞在这里有千年以上的历史，山歌民谣，故事传说，俯拾皆是，采撷不尽。还有白溢风灯，历经千年不衰。真不愧为民间艺术之乡。

白溢寨是极富传奇色彩的地方，嘉庆初年（1796—1798），长阳县林之华、覃传耀为首的白莲教义军，曾两度攻占白溢寨。光绪二十四年（1898年），五峰土家农民向虚廷（又名向策安）兴哥弟会，聚众起义，烧教堂，杀洋人，抗清军，在白溢寨作了最后殊死的斗争，三月寨破，义军皆阵亡和被俘遇难，谱写了一曲可歌可泣的悲壮之歌。

现在，白溢寨已被命名为“土家古寨世外桃源风景区”，成为鄂西南风情旅游桃源胜境，探险休闲的古寨乐园，慕名而来的游客络绎不断。

勤劳、勇敢的白溢寨人，用自己的双手开山凿石，历时三个寒暑，在千丈悬崖峭壁上修筑了一条近十公里的天路，连通了外面的世界，经过几度春秋的扶贫攻坚，白溢寨人终于圆了小康梦。白溢寨人的明天一定会更辉煌灿烂，更幸福美满！

（原载1996年5月21日《三峡晚报》）

王冠洞的传说

从小河南岸上杨家垴，到马岩墩下墩，左行里余，可见马岩墩上有一石壁，石壁中间，有一洞穴，洞穴甚大，可容纳上千人。当地人都叫它王冠洞，但无人知其洞名来历。我访遍王冠洞附近多名老人，根据老人们的回忆碎片，我大致拼出了王冠洞的来龙去脉。

不知道是哪朝哪代哪年哪月，也不知道是哪个皇帝坐江山，只知道这个皇帝驾崩之后，皇子们争夺皇位，暴发了宫廷血战，互相残杀，十位皇子，八位被杀，剩下九王子、十王子抢夺龙椅。十王子年幼，不想兄弟间继续残杀，决定远走高飞，保全性命。他带着十数位亲随，逃出京城，马不停蹄，昼夜兼程，到了长江边一个叫陆城的小镇上才停下稍稍喘息。

十王子是老皇帝的断肠儿，心肝肉，极受宠爱。老皇帝在世时，把北国可汗进献的一匹神马赏给了十王子。十王子就骑着这匹神马，躲过了劫难。

十王子在陆城不敢久停，继续往南方大山深处行进。不日，就到了现在五峰、宜都、长阳三县交界的地方，山陡路滑，马失前蹄，险些跌下山去，十王子急忙勒紧缰绳，有惊无险。十王子吩咐贴身亲信："记住这个地方，我给这地方取名马勒坡！今后我们去过的地方，就都以神马的马字来命名!”不多会就到了鱼羊寨。在鱼羊寨休整了一天，就又扬鞭催马，继续南行。十王子远离了京城的喧嚣，远离了宫廷的仇杀，远离了皇家的恩怨，身心渐渐轻松，不知不觉间就到了大山深处的一块小平地。只见平地中有一土坑，满满一汪清水。神马载着十王子，跑过去喝水，不料马失前蹄，一脚踏虚，落进了水坑里，马蹄陷进去，走不出了！十王子下马，吆喝众亲随一齐用力，连拉带抬，把神马救了出来。十王子当即说道：“马陷水坑，此处就叫陷马池!”后因本地方言陷读 han，就叫 han 马池，不知为什么后来又演变成汉马池了。

十王子一行在陷马池稍稍歇息了一会儿，在神马的引领之下，下坡至一条小河，即现在的杨家河，河窄水浅，人马顺利过了河，跟随神马沿一山岗而上，走到半山腰，有一巨石横亘其中，众人立足难上。只见那神马纵身一跃，腾身而起，只听轰的一声响，那神马载着十王子稳稳地落在巨石之上，只见巨石上的岩面上踏出一个大大的马脚印。十王子看见，大叫一声好，本王子就赐此巨石为马踏石！众人一齐用力，都爬上了马踏石。神马在前，众马奔腾，继续往南山前行。约行十余里，到了一道大山梁上，山梁长数十丈，宽数丈，神马在上面奔跑起来，来回数趟。十王子好高兴，立马笑道：“真乃练兵训马之好去处，这道山梁就叫跑马岭吧!”

神马在跑马岭上久久站立，不愿再往南行，引领众人原路返回，走到了马踏石上面，自顾拐向右行，从大山岩壁中间顺山势缓缓而行，竟走出一条道来。于是，十王子又下了旨意：“本王逢山开路，遇水搭桥，今从千丈岩壁上开出了一条大道，这条大道就叫转马楼吧!”众人击掌，齐齐叫好。下了转马楼再右行，上是石壁，下是石壁，中间有宽里许，长近十里的岩墩，有山有水，林木遮天蔽日，土地肥沃，是未开垦的处女地。十王子一行沿岩墩而行，过了黄龙洞下的湍急河流，十王子当即封其河为洞河。过了洞河，继续沿岩墩东行，约行四五里，看见半岩壁上又一个大洞穴，十王子传令进洞察看。十王子进洞后，前后左右都看了，不住点头，赞不绝口：“好去处！好去处！一人守住洞口，万人莫开，本王子住这里，便高枕无忧了！本王子决定就住这里不走了！”十王子传令在洞内安营扎寨，修建寝宫，占据了洞穴。随即又颁旨意：“神马所走过的岩墩，就赐名马岩墩！以洞河为界，右为上马岩墩，左为下马岩墩。千古传承，永不更名。”

十王子厌烦了皇宫的明争暗斗，尔虞我诈，远离红尘到了这十万大山中，顿时爱上了这里的清净自然，一尘不染，便下定决心再不回皇宫了。他对亲随说：“本王子要在这里悟道修行。尔等有意留之则留下，不愿留之者，本王子不强留，可自往他处。”十王子话毕，随从当即就走了一多半。留下来的就同十王子一起修行悟道，开荒种地。修行了很多年以后，一日，十王子把王冠放在洞中，骑着神马自顾自云游天下去了，据说后来成了仙，上天宫去了！他的随从有的继续修行，有的还俗为民，继续开荒种地，在马岩墩开辟出数百亩良田，他们在马岩墩上繁衍生息，人丁逐渐兴旺起来。而洞内修行的人最后都不知所终。但王冠没人敢带走，私藏王冠，被发现了是要杀头的。

过了许多年，那匹神马不知为何离开了他的主人回到马岩墩，在马岩墩来回奔驰了三天三夜。一天早上，它高声嘶吼三声，山摇地动，凭地飞升至黄龙洞石壁之间，幻化隐身千丈石壁之上，现在还可以看见石壁上的白马隐形，呈奔腾之势。据说神马是奉观音娘娘之命，镇守马岩墩，不让黄龙洞中黄龙出洞为害。

又过了许多年，王冠洞里来了一位道士，置王冠于洞中神龛上，引来善男信女求神拜佛，据说很灵，求什么得什么，洞里香火日盛。

又过了许多年许多年，那个道士突然不见了，王冠也不翼而飞了。

王冠不见了，戴过那顶王冠，封赐马岩墩地名的十王子却还在人们心中。人们感恩十王子，守护着马岩墩的好名声，建设美好的马岩墩。20 世纪 70 年代，马岩墩人经过艰苦奋斗，坡田改梯田，梯田改水田，平均每人改梯水田一亩。一个大记者写了一篇《马岩墩上稻花香》的大文章登在一家大报纸上，马岩墩从此享誉省内外。不久，五峰第二座水电站黄龙洞电站最早把山乡点缀成了不夜天。21 世纪初，一座崭新的现代化新县城在马岩墩下和马岩墩人的俯视下拔地而起，雄伟壮观。站在王冠洞口，放眼四野，小河水绿，大山山青，那都是人民向往和拥有的金山银山啊！

（2021 年 8 月 6 日）

农活初学成

1962年夏，我高中毕业，回到农村的广阔天地里炼红心，接受贫下中农再教育。回农村、当农民，好像是命运的安排，农家子弟回家当农民，也好像是顺理成章理所当然的事。

成了农民，不承认也不行。

成了农民，就必须务正业，学会农活。

我虽然出生在农村，却一直在学校里读书，绝大多数时间在学校生活。没直接做过农活，只采过茶叶，那是在高中时，学校每年春季放一个月农忙假，下乡采一个月茶，我学会了采茶，还成了班上的采茶能手。一个班四五十人，评选出了六个采茶能手，男生三人，女生三人。除了采茶，其他农活都没做过。既然回到了农村，当上了农民，就必须学会农活，学会各种农活。

我从学校回到农村，已是下半年了。下半年里，我们那儿农村的活儿也不太多，下苞子（玉米棒子）、挖苕（红薯）、冬播，没多少技术活，有点技术活也不会安排到我名下。采茶是我的强项，可那时我们生产队的茶叶还不多，还没发展起来，不多的一点茶叶，还不够妇女采的，何况春、夏茶已采过，秋茶很少采的，就是采，产量也不多。所以采茶根本就没男人的份儿，更不会安排我去采茶。干不了技术活，就得干力气活。那时，我正好二十岁，肩挑背驮，挥锄扬锹，我都不怕，只要有力气，力气是奴才，用了又回来。我有的是力气。

我干活也肯出力，什么活儿都争着去干。

只要肯干，农活学会也不难。

第二年春耕时节，有一天，我牵着牛、扛着犁去小河边老屋场耕田。第一次耕田，一开始就把我难住了，大黄牛不听我的话，不让我给它套轭头。我连续套了几次，那黄牛乱蹶乱弹，把头上两只尺把长的牛角对着我，我吓懵了。有一个年龄比我还小的人笑话我："牛都套不上，真笨！怕牛，还耕什么田哪?"我父亲听了，气不打一处来，跑过来，大声说："你读了十二年书，没打过退堂鼓，这套牛耕田未必比读书难哪！来，我教你!"父亲掌着犁，拉住牛牵绳，一声"不动"就把那牛镇住了。牛老实不动了，父亲一下就把轭头给套上了。父亲顺手扬了一下鞭子，那黄牛拉起犁就耕起来了。接着，父亲一五一十地手把手地教我耕田，我亲自去掌犁，那黄牛变温驯了，听我指挥了。那个青年哑口无言，没趣地走开了。

从此，我连续个把星期学耕田，把耕田学会了。不论大田、小田、水田、旱田、沙田、土田、坡田、平田，我都会耕了。什么牛我都可驾驭了，叫停就停，叫走就走，起、退、慢、快、左转、右转，无一不听从我指令。

为了干好生产队的农活，我先在自家自留地里练习，有父母当老师，农田的活我很快就学会了，同大家一起干活，我也不怕了。

有一次锄苞谷草，锄草既是力气活，也是技术活，既要锄去杂草，又不能伤到苞谷苗，还要用锄把行与行、株与株之间的土刨起来，壅到苞谷苗的蔸上。壅好了，更加保墒保肥。那天，我同四位女社员在一块平田里锄草，一下田就比上了，每人两垄，看谁锄得快、锄得好，你追我赶，争先恐后，我们几乎同时锄到田头。那一天，我锄草，没松过气，没掉过队，一直坚持到收工，收工了，就在一起评工分。怎么评呢？妇女队长先开口说：“小王今天锄得跟我们一样多，质量一样好，就评一般多吧！都评九分吧！”有一个邓姓社员当即反对，“那不行！不能坏了老规矩，他是学手子，只能评五分！”我不服气，反问道：“五分，只评五分？”那社员说：“对，五分。这是老规矩！学手子只能评五分！”我气愤地反驳她：“我又没少锄一垄田、一棵苗，为什么只能评五分？”那社员说：“那些跟师傅学的徒弟，三年出师了才有工钱呢！你是有文化的人，这个道理你不懂啊！”我顶了她一句：“同工不同酬，太不合理了！”妇女队长息事宁人说：“大家不要争了，今天小王确实很不错，应该鼓励！评七分吧？大家看怎么样？”大家同意了，我还能说什么呢？

没想到，这个事为大队树立了一个典型，展开了“同工同酬”的大讨论。从此以后，再没有拿学手子说事，压学手子工分的情况了。我的工分也就很快追上了女头等劳动力了，但同男强劳动力还有一段距离。纯粹的力气活我也快追上男强劳动力了。有些技术活还得学习、锻炼、提高。我也有两只手，干农活绝对不能落到别人的后边。

在家乡农村，两年多的辛勤耕耘，抛洒汗水，我成了真正的农民。当地的农活我都学会了，能干了，干得好了。什么栽秧、割谷、砍楂子、剃木梓……我都学会了。家务事中除做布鞋子以外，我也都学会了，我自认为已经是一个合格的农民了。而且干得更加起劲，几乎月月上满工，出满勤，全年总工分在全生产队也是数一数二的了。

那年底，生产队开大会评五好社员，不少人提我评我，我也满以为会评上。不料一个社员发言，把我一下子否定了：“小王门门都好，项项都行，但他是干集体的活多，家务事干得少了些啊！勤俭持家这一条就不够条件哪！”最终，我落选了。我当了两年多的农民，没能评上五好社员，这是我的一大遗憾啊！正当我决心再努力，好好干一年，把勤俭持家这一条补上的时候，1965 年 1 月份，大队党支部决定我去筹建民生大队小河耕读小学，走上了学校的讲台，刚刚学会的农活再也无用武之地了。

这一辈子也当不上五好社员了啊！

（2021 年 8 月 29 日）

洋芋的品格

洋芋？

土豆？

什么人起的名字？

一物二名，一土一洋，风马牛不相及！

洋芋、土豆的名字是怎么得来的？既土何必洋呢？既洋又何必土呢？是要让城里人叫土豆，农村人叫洋芋吗？还是要让山里人叫洋芋，山外的人叫土豆？我既是农村人也可算是城里人，我一直说的是洋芋，习惯说炕洋芋，从不说炕土豆！当然，你叫什么，他叫什么，各有各的叫法，没有谁对谁错，各取所需得了。反正我说的是洋芋，吃的是洋芋，我这篇短文也就洋芋说事儿。

洋芋很会适应生存环境，高山可以种，低山也可以种，坡田可以种，平田也可以种，黄土地可以种，黑土地可以种，沙田可以种，土田可以种，大田可以种，小田可以种……种洋芋也比较简单，田耕好了，地整好了，就挖好窝子，打好行子，放上底肥，放上洋芋种，用土壅上就行了。洋芋苗出土之前，追点肥，农村叫破土肥。洋芋苗长出土面后，除一两次草，松一两次土，看苗长势，缺肥就追点肥，最好是农家肥，再就可以等待收获了。

洋芋自身有一个优点，它好保管，好储存。不要被太阳曝晒，一晒就变成绿果了，绿果就有毒了。也不要把它冻着，冰冻之后，洋芋就变黑了，农村人叫木了，就没味道了。一般情况后，随处可放，放哪都行，不会变质和霉烂。而一层薄薄的洋芋皮，可以防御病菌的侵袭和污染。

洋芋一年四季可以吃，早、中、晚都可以吃，可当主食可当副食可当菜肴。洋芋可以做出无数佳肴美味：洋芋片子、洋芋丝子、洋芋砣子、洋芋末子、洋芋粉、洋芋糕、洋芋汤、洋芋烧牛肉、洋芋煮猪蹄、洋芋蒸猪肉、洋芋酸辣汤、合渣洋芋、京豆洋芋、老南瓜洋芋、西红柿洋芋……还可以做成可口的洋芋主食：炕洋芋、蒸洋芋、煮洋芋、洋芋粑粑、洋芋苞谷饭、洋芋米饭……

整洋芋全席，桌子小了还放不下呀！

不论你鄙视也好、嘲笑也罢，洋芋的品质自有公论，清清白白上餐桌、任你品尝任你说。

洋芋全身都是宝：大洋芋可做成各种副食品，进超市、上店铺、入市场，走南闯北，换金兑银。小洋芋可以打粉深加工，做出各种食品，满足顾客需要，挣钱装进腰包。末子洋芋可以喂猪，是上等的好饲料。

洋芋吃不厌，越吃越香甜！特别是在冬天，在火炕里烘洋芋，在火炉里炕洋芋，洋芋烘熟炕熟之时，那一阵阵香气迷漫，让人食欲大增，急急忙忙拿起一个，剥了皮就往嘴里喂，嚼一口，满嘴生香，直钻肺腑。爱好酒的食客，呷上一口纯正的苞谷酒，再咬一口洋芋，反复咀嚼，那味道、那神情，真是要醉了，飘飘欲仙了。

这种口福，你不想试试吗？

最后，我还要特别告诉你：还是五峰的洋芋特别好吃啊！

（2021年8月9日）

一棵桂花树

1987年春天，我在父亲房屋旁边建了一栋新房。第二年的春天，我们全家搬进了这栋新房里。

春天的一天，我老伴去我小河妹妹家，看见妹妹屋边一棵桂花树长得茂盛。走近那棵桂花树，发现树蔸上边长出一棵小桂花树，就对我妹妹的公公说："亲爷，我找您要件东西。"亲爷一笑，说："只要我有，一定给你。"我老伴指着桂花树说："那棵小桂花树。"亲爷又是一笑，说："行，不就一棵桂花树嘛，我去打一个马蹄子给你。"他说着找了一把镰刀，在小桂花树的上方，把大桂花树割开一道口子，然后从大桂花树上分离开那棵小桂花树，也就是打了一棵小桂花树的马蹄子。我老伴说了声"谢谢亲爷"就连忙回家了。老伴回家后，就寻找适合栽树的地方。她看中了我们房屋前道场坎下的土坡。那是我们建房挖地基时堆积在那儿的。土层很厚，土质肥沃。她就在那里挖了一个尺许方圆的土坑，把土坑里的土捣碎，碾成细末，倒了一点儿清水在土坑里，然后把那棵桂花树放进土坑里，周围培上土，用锄头轻轻拍了拍培上的土，再把土坑填满，然后提来一桶清水，慢慢地浇灌培了土的桂花树周围。小桂花树喝足了水，直直地立在那里，风一吹，小树摇了摇，像是很高兴地点头一样。

桂花树栽好了，我们天天去看，一天看好多回。过了一个春天，过了一个秋天，长出了小枝，长出了新叶，到了冬天，新树枝上的绿叶青翠欲滴。那年冬天，天气寒冷，风吼雪飘，我母亲找来一大块地膜，盖在桂花树上，把树干也用地膜缠住，保护桂花树过冬。冬去春来，撕去地膜，桂花树沐浴着阳光雨露，一天一天长高了，长粗了，枝更多了，叶更密了。桂花树长得快，长得好，全家人好高兴好高兴。

几年过去了，小桂花树长成大桂花树了。

我们家的房屋几经改建改造，房屋变宽了，道场变窄了，人来人往，很不方便。父亲就提出打一条道场垱子，把道场扩宽。大家同意。父亲请来了工匠，买来了石头、水泥准备动工。动工时，父亲把工匠们叫到一起，说："你们帮忙打垱，一定要保护好桂花树啊！"众人点头，说："您放心，保证不伤到桂花树！"一条十几米长、两三米高的石垱没几天就砌起来了。垱砌好了，父亲守在桂花树边，往垱内填土，轻轻地给桂花树培上土。垱内的土填平同道场一样平了，道场往外扩宽了两三米，桂花树也就由坡上变成平地里了，矗立在道场。稍后，道场硬化成水泥地面。我弟弟请工匠在桂花树周围砌成花坛，挖来肥土，施上肥料，栽上花草，陪伴桂花树。

不久，我们家这棵桂花树就远近闻名了。

众人呵护，桂花树长得很快，很旺盛，根深干粗，枝繁叶茂，四季青枝绿叶。大热天，大太阳，可以容纳一二十人乘荫纳凉。这棵桂花树还独出心裁，与众不同，一根主干上，同部位生长出五枝丫，一般粗细，引了不少人来参观。有人说是"五子登科"，有人说是"五福临门"，有人说是"一手擎天"，有人说是"一掌百拿"……凡此种种，在外传说、猜想、联想，神乎其神。

前年，桂花树像是生病了，有叶片黄了，有枝丫枯了，整棵树无精打采的样子。弟弟连忙请来林木专家，经树医生诊断后，给树干涂上了拌有农药的白油漆，给树枝树叶喷洒了杀虫杀菌的药水。今年，桂花树又恢复了生机活力，更加郁郁葱葱了。

有趣的是，同桂花树相对应的屋后一棵香樟树，伟岸挺拔，顶天立地，高有二十来米，也是枝茂叶盛，生机盎然。桂花树和香樟树遥相呼应，似有牵手之势。两棵树上，常有各种鸟儿飞跃其上，建窝筑巢，飞来飞去，叽叽喳喳，平添几分生机、喜气，让人心旷神怡。

八月桂花遍地开，八月快到了。八月一到，满树桂花遍地金，芳香袭人醉路人，流连忘返不思归，抖音直播传笑声。

朋友，你不想来看看吗？

（原载 2021 年 12 月 20 日《语文报》）

与动物为善

（二题）

野鸡回山

前年冬季的一天早上，一位乡友来到我家，手里提着两只活野鸡，对我说："王老师，快过年了，没什么过年物资送给您，昨天抓捕到两只野鸡，一雌一雄，大吉大利，不成敬意，送给您。过年时，炖个火锅。请您笑纳。"

乡友是真情实意，盛情难却，我也只好收下了。

收下后，心里实不安，我真不知怎么处理才好。我反对捕食野味，这对野鸡我是绝对不会杀了炖火锅的！怎么办才好呢？我想了想，就决定好好喂养它们，让人们观赏。

正好我家里有个木制鸡笼，多年没养鸡了，这个能养十多只鸡的鸡笼，一直空着，放在顶楼闲置着，这下正好派上了用场。鸡笼里很干净，有鸡窝，有放食物的大碗和放饮水的小碗。我把野鸡提上楼，解开系着双翅和双脚的棕叶子，放进鸡笼里。放进鸡笼的野鸡，并排站立着，一动也不动，睁着眼睛望着我，似乎充满着警觉和敌意。

我下楼捧了一大捧苞谷籽上楼放进大碗里，又去舀了一杯清水倒进小碗里。它们还是一动也不动，根本不理睬食物和饮用水。

它们怕人吧？我暗自思忖，便转身下楼了。过了好一会儿，我上楼去侦察，远远地窥视它们，发现它们还是一动也不动，并排站着，挨着，依偎着。我纳闷：我这么热心给它们弄好吃的好喝的，它们怎么就不领情呢？

是不是食物不合它们胃口呢？我又给它们换上大米饭，它们还是无动于衷，不理不睬。

我束手无策，朝它们看了一眼，悻悻地下楼了。

第二天一早，我又上楼去，看见它们挤在鸡笼角落里，紧紧挨着，怯怯地看着我，食未吃，水未饮，原封未动。

它们是在绝食吗？

第三天依然如此。

我站在鸡笼边，一筹莫展。

这时，我老伴上楼了，看了看野鸡，轻声对我说："放它们回山里吧！"

"放它们回山？"

我着实有点舍不得，多么美丽的一对野鸡呀！那只雄性的羽毛金黄夹杂少许乌黑，长长的尾巴美丽极了。雌性的那只羽毛黑白相间，犹如豌豆花鸡一般漂亮。我呆呆地看着它们。站在身边的老伴又轻声说道："放它们回自己的家去吧？"

老伴的话在情在理。我点了点头，说："你说得对，依你的，放它们归山回家！"

我打开鸡笼门，轻轻地把它们捉了出来，推开窗户，把它们放到偏屋的屋顶上。它们竟不急于飞走，而是在屋顶上朝向我们站着，站了好一会儿，才转过身，展了展翅，双双飞下屋，飞到菜地，飞过茶园，飞进屋旁的山林里……

接力养兔记

我孙子高二暑假期间，和要好的同学一道在宜昌市CBD商业广场游玩，见有人在玩游戏：扔铁环套物。套着有奖。游戏场上放着很多种物品，谁扔的铁环把哪种物品套着了，物品就归谁。孙子的同学看中了一个小笼子里的兔子，便拿起一个铁环扔了过去。他同学的手法好，准确无误地套住了那个小笼子。那个同学提起装着兔子的小笼子，对我孙子说："今天是你生日，我把小兔子作生日礼物送给你，喜欢吗？"我孙子连声说："喜欢！喜欢！太喜欢了！谢谢你！谢谢你啊！"

孙子高高兴兴地把兔子带回家，放在客厅里，去街上买回了兔子最喜欢吃的食物，放进笼子里。那兔子还很小，只要是它喜欢吃的它就吃。小兔子不怕人，想吃就吃，自由自在，无拘无束。孙子太喜欢小兔子了，把它当宝贝一样。每天五点多钟就起床，给兔子清理粪便，梳理毛发，然后给食物和饮用水。有一次，孙子同他爸妈一道回五峰湾潭走亲戚，在外公外婆家玩了三天，心里放不下小兔子，催促爸妈回家。爸妈拗不过他，只好驾车回家。三四个小时到了宜昌的家。孙子冲下车，急忙朝家里奔去。他打开门，径直跑向小兔子，把小兔子从笼子里提出来，抱在怀里，用手抚摸着小兔子说："小兔子，让你受苦了！"然后把笼子扔到一边，把兔子放在客厅里，急忙给小兔子喂食喂水。小兔子吃饱喝足后，就在客厅里蹦来蹦去撒欢儿，这里看看，那里嗅嗅，像个小熊猫，怪可爱的。全家都非常喜欢这个小兔子。在孙子的精心喂养下，小兔子长得很快，长大了的兔子已不适宜在客厅里生活了，孙子就把兔子的家迁移到阳台上。

孙子高三了，到了热战和冲刺阶段，照护、喂养兔子已有心无力了。一天，我去了他那儿，他对我说：“爷爷，您把兔子带回家喂养吧！”我没推辞就答应了。

我把兔子带回家，放到猪栏里。十多平方米的猪栏就成了兔子的新家。兔子到乡下来了，喂养的食物也有了变化，食物更新鲜了，种类也多样了，家菜、野菜、红苕、洋芋，苞谷、大米，还有水果、野果，轮换着样儿给它吃。猪栏里铺上了厚厚的枯草干树叶，暖和，松软。兔子吃了睡，睡了吃，一会儿睡在干草枯树叶上面，一会儿又钻进干草枯树叶中间去睡。有人进去看看它，它就后腿站着，直立着身子，像要打躬作揖似的。然后就在猪栏里打滚儿，撒欢儿，像要杂技的。

兔子长得也真快，小兔子变成了大兔子，膘肥体壮，滚瓜溜圆，太可爱了。周围沿转的人来参观，也赞不绝口。可也有人心生邪念，口出恶言：“这兔子又肥又大，可以炖一个大火锅了！”“兔子肉好吃呀，是美味佳肴啊！”还有人竟然对我说：“卖给我吧！”我一听，火直冒，但我忍着没作声，心里却陡然想道：放生吧，放到树林里去了，就不会有人打歪主意了！我征求老伴的意见，她说：“你放出去了，被人捕捉到了怎么办？被狗子发觉了，咬着了怎么办？这个兔子出生在城市里，长在屋子里，它能习惯、适应山林里的生活吗？它在山林里能生存下去吗？”我被老伴问住了，哑口无言。怎么办好呢？我想了想说：“让兔子自己选择吧！我们打开猪栏门，放它出去，随它去！”老伴点头说：“也只好这样了！”我打开了猪栏门，兔子却在里面不出来。我以为它是见我们在身边，不好出来，不敢出来。我们就离开了，过了好一会儿，再去看，它居然睡下了！我把它捉住，抱起放到门外，赶它走，它却又跑回猪栏里去了。它不想走，不愿走，那就只有继续喂养起啰。

我孙子今年大三了，兔子还在我的家里。今年五一长假期间，孙子放假回家，一到家，就迫不及待去看他的兔子，兔子好像还认识他，久久地望着他，孙子抚摸着它，它一动也不动，那么温驯，那么惬意。孙子拿出手机，对着兔子，拍照着，拍照着……

（2021 年 5 月 21 日）

年猪

“农家不喂猪，好比秀才不读书。”在五峰渔洋关农村，家家户户都要喂年猪。所谓年猪，一是过年食用的猪，二是时间喂得比较长，一般喂一年，也有喂两年，甚至三年的。喂猪要有猪栏、猪圈。做猪栏猪圈时，忌讳乱说话，最好是不言不语，这样喂的猪才听话。逢农历四日、六日和干支亥日不入猪、不出猪，自古传教如此。捉小猪回家喂养，叫捉“接槽”。捉“接槽”要选肯吃、肯睡、话少的人去捉，捉回的猪就肯吃、肯睡、肯长——谁也不管此话灵验与否，都如是说，无人考究。为防猪瘟，就在猪栏里贴上“黄巢起义朱温（猪瘟）灭”，“姜太公在此，我家有猪不卖”的字条，人们都当真，笃信不疑。小猪要劁（即阉割），劁猪佬把割去的花子（即生殖器）甩上屋，嘴里念念有词：“甩上屋，长上三百六!”“甩上屋，又长架又长肉!”猪长大了，叫坯子猪，以食草为主，叫“拖坯子”。秋收后，要给猪加粮食，以食粮为主，叫“催膘”。此后，猪就叫作壮猪、肥猪、年猪了。乡亲们相见，极多的一句话是：“您的年猪喂壮哒吧?”

冬月尾、腊月初，是宰杀年猪的时候。杀猪要先选日期、定日期，提前约请杀猪佬。在渔洋关，逢农历四日、六日和干支亥日不能杀猪，最好是逢干支与生肖为丑牛、午马之日，寓希望于来年的年猪牛高马大。杀年猪的时间确定后，不能让猪听到，否则，年猪在被宰杀之前，会一反常规乱来，当地有“人死改常（反常），猪死毁（拱）墙”的俗谚。杀猪佬杀年猪时，进刀不能太陡，猪血不能淤腔内，刀不能掉地上，血藾子（猪血）要凝固，否则被视为不吉利。猪杀死后，杀猪佬在猪蹄脚边划一道口子，用梃杖（长铁条）捅进，在猪皮与肉之间上下左右转动，抽出梃杖后用嘴朝口子里吹气，服杂（帮忙）的人用棍棒抽打猪的各个部位，直至猪全身充气鼓胀起来后，用绳子扎住口子，把猪放进腰盆（一种大木盆）里，用开水烫遍全身，再刨去猪毛及秽物。杀猪佬用尖刀从猪的脊背正中自头至尾划开，叫作亮膘。农家人喜欢年猪膘大，并以此为荣。亮膘后，杀猪佬用镣环（两头有钩的铁环）钩入猪肛门内钩紧，接着将猪倒吊于木梯和横梁之上，开仓剖腹，取出内货，下去蹄子。杀猪佬划过口吹过气的那只蹄子叫吹蹄，月母子吃了可催奶，送祝米多送此物。若需下蹄子送情，蹄子上需连一椭圆形正肉，叫膀（pǎng），多为已定亲的女婿拜年时孝敬丈人佬、丈母娘时用，所以有“膀媳妇子”之说。四蹄下完后，以划开的脊背为界，用砍刀将猪身分成两半，先把右半边放在案板上，砍成一块一块的肉，接着旋下猪脑壳，再把左半边砍成同样的块块肉，一头猪一般砍成 14 或 16 块，从头至尾为：槽头（本县湾潭，将槽头不砍成块，而砍下整个颈项，叫作项圈）、前胛、前内膀（前砧板子）、硬脑、软窝（中方）、后内膀（后砧板子）、座墩子。这一块一块的肉，从哪里下刀，怎么个砍法，砍成什么形状，都有一定之规，不能乱砍乱剁的。软窝肉（即中方）可分解成两块。

年猪杀了之后，要请客（主要是邻近乡亲）吃年猪饭，共同庆贺。准备年猪饭要选最好的一块肉，多用内膀（pǎng）肉。将鲜肉切成片与苞谷面加佐料拌合，或配以南瓜（或洋芋或萝卜），一起装入蒸笼大格子蒸，蒸熟后整格端到桌上，谓之“抬蒸笼”，俗称“抬格子”

或“吃蒸菜”。蒸菜上放一碗炒血蕻子，所以吃年猪饭有人又叫吃血蕻子。

吃过年猪饭后，就要腌制腊肉了。将鲜肉、头、蹄骨及内货放入腰盆中，均匀抹上食盐，经过一星期左右，再取出挂吊于火笼（或叫火坑）上熏烤。熏肉的火笼屋要通风透亮，柴草燃烧的烟子要小，慢慢地不间断地熏到过年前，就熏成腊肉了；其肉色黄里透红又有光泽，腊香浓郁，味甘绵长，且存放经年不坏。

忙年，重要的一环是腊肉处理。年前数日，取下猪头、猪肉，用明火烧烤其皮毛，然后用热水烫洗干净，连同香肠、肝、肾、肠、肚放入铁锅内煮熟备用。猪蹄则剁成坨坨，用火锅炖熟或用陶罐煨熟待用。团年时便可做出名副其实的年猪肉了。

（2020 年 12 月）

文墨笔谈

圆梦之旅

1999年10月，在我出版的小说集《子虚村纪事》后记中，最后一句话是："退休后，我还想重温长篇小说梦。所谓梦，不一定能成现实。这是后话。"

写一部长篇小说，是我的一个梦。这个梦，读书时就在做。

读书时，我就喜欢读长篇小说，从小学六年级开始，直至高中毕业，我的这个爱好没有改变过。走出校门之后，不论是在农村务农、在学校里读书还是在单位上工作，一直到退休，长篇小说始终是我的案头书、枕边书、手提包里的书。

在阅读、欣赏人家写的长篇小说时，我自己也萌生了写作长篇小说的心思。

1962年，在高中毕业回到了农村后不久，就开始酝酿我的长篇小说，闭门造起车来了。我构思出一部"人生三部曲"：《花红》《柳绿》《松长青》。我搜集了大量素材，记满了六大本日记，拟定了写作提纲和人物表，断断续续地写了起来。到1965年年底，竟写出了上十万字。不料，1966年夏，大革文化命的"文化大革命"爆发了。写小说的人没有一个逃出那场厄运、那场浩劫，全被打翻在地，踏上了一只脚，陷入十八层地狱中。我听到风声，就把已写起了的小说稿、提纲、人物表及一切有记录的素材投入到火坑里火葬了！陪同火葬的还有六大本“人生三部曲”写作素材的笔记，一百多本书（大多是长篇小说）和一百多封书信。这都是我的心肝宝贝呀！万幸我没有张扬写作小说的事，更没留下写作小说的任何蛛丝马迹。否则，我就会引火烧身，被打翻在地，难有出头之日了！

第一部长篇小说之梦就这样被惊醒，破灭了。

1975年年底，我被抽调到长阳川汉天然气管道公路，在县指挥部编工地战报，办工地广播。两年后，工程完工前夕，宜昌地区指挥部把我接去，指挥长跟我谈话，要我写一部反映此次公路建设的长篇小说。我临阵受命，遵命创作，欣然命笔，在指挥部一间简陋的办公室里，又闭门造起车来。一个星期就写出了三万多字的提纲——《在那风云变幻的日子里》，交给领导，领导看后很满意，就打发我回家正式写作，一再叮嘱、勉励我抓紧时间，一鼓作气写出来，争取早日交稿，早日出版。回家后，我就按提纲编人物、编故事、编情节，一口气写出了第一章两万多字。正在这时，省文艺部门在宜昌玉泉寺办创作学习班（即现在的笔会），我奉命参加，把提纲交了上去。不日，一名杂志编辑发话曰：“怎么把四人帮的党羽、爪牙写到了乡镇一级？真是这样，那还得了！”一句话，我这个遵命培育，发育不良，先天不足，还未穿衣戴帽的婴幼儿被枪毙了！我也只好打道回府。

我的第二部长篇小说之梦也被粉碎了！

我是一个群众文化工作者，搞群众文化工作离不开与群众打交道。从公路工地回到我工作的单位县文化馆，我就上山下乡，踏遍了全县所有乡镇农村，接触了全县成千上万的农民。在农村同广大农民同吃同住同劳动中，我被广大农民教育着、感动着。每家每户的那个当家的男人，支撑着一个个家，顶起一片片天，立足一块块地，为家庭、为社会、为国家承担着一份份责任。当这些男人们的故事一次次地感动我时，我便想起了我的父亲。我父亲正是他们中的一员，有代表性的一员。当我把那些男人们同我的父亲联系在一起的时候，我父亲的点点滴滴便涌上了我的心头。父亲经历了新旧社会两重天，他历经苦难，出生入死，艰苦奋斗，百折不挠，他勤劳、诚信、正直、坚韧，心里充满爱。他把爱全部给了妻儿、父母、亲人、乡邻甚至陌生人。当他把一切爱都给了别人，人们也就把爱回赠给他。因此就有了有关我父亲的许多故事，甚至传说。我听到这故事、传说，就牢牢记在心里了，储存进脑海里了。讲我父亲故事的有我的婆婆、母亲，有我的叔、伯、姑、舅、姨，还有乡邻、乡亲、乡村干部。父亲的故事越讲越多，父亲的形象越来越伟岸，父亲越来越让我感动，越来越让我尊崇。父亲的故事已经足以写一部大书。于是，我就有了写“父亲”长篇小说的欲望和冲动，小说中的“父亲”就是我的父亲和与我有过交往的那成千上万的顶天立地的农家男子汉的融合体。

想写、决心写，真要动笔时，还是把我难住了，我一写就要写长篇小说，可已经两试牛刀，全部失败了，我不甘心失败呀。我心想，先试试笔，写个中篇吧。于是我就写了一个纪实性中篇小说《父亲》，两万多字，一气呵成。写成后，收进我的第一部小说集《绝景》。《绝景》公开出版后，反应还不错，有一家省级文学杂志准备编发，可处理这个稿件的编辑因工作调动把我这个稿子弄丢了。事后也无人问津，我也没有追寻，也就没了后话。

那个中篇，我自己并不很满意，那只是父亲的点滴而已，我是想写父亲的一生，写父亲的全部。因此，非长篇小说不可。我的弟弟多次鼓励我说：“大哥，写一部父亲的大书吧！凭您的生活积累、社会阅历、写作素养、思想涵养，您一定能写出一部好书出来！一是能圆您的长篇小说梦！”

我被说动了，真正动起了脑筋，构思起来。但还是迟迟没有动笔。我还是怀疑自己的能力和水平，没有自信心。我心想：动笔写了，写不出来，那不让人笑话吗？写出来了，拿不上桌面，出版不了，那不更让人笑话吗？已经失败了两次，事不过三，还敢失败第三次吗？

我不敢动笔，但我心里却放不下“父亲”，依然不停地思考着“父亲”，“父亲”的形象始终在我心里、脑海里活动着，那么清晰，那么活灵活现。这么好一个“父亲”，不写出来，我怎么对得起我的父亲，怎么对得起像我父亲一样的乡村男子汉，怎么对得起那些同我父亲一样的“父亲”！

正在我十分矛盾时，我在外地工作的弟弟回来了，不知是有意还是无意地说了一句话：“大哥，看来，您的长篇小说是不会写了哪，那您就好好安度晚年吧！”

这听起来似乎很平常的一句话，却似一声惊雷响在我的耳旁，在我心里掀起了波澜，这分明是对我迟迟没有行动、没有动笔的一种不满哪！我久久地望着弟弟，望着父亲，看着弟弟那眼神，分明饱含着希望和鼓励。我不能，也不应该辜负这希望和鼓励。我暗下决心，一定要写出“父亲”，写好“父亲”，圆我的长篇小说梦。

2007年春天我正式动笔写作。因为酝酿、构思的时间早、时间长，“父亲”的故事，情节都已了然于心，成竹在胸，写来也就特别地得心顺手。我也就自然而然地融进了小说的境界之中，我也就成了小说中的“我”。我同小说中的人物同生死、共命运，同喜庆哀乐，共酸甜苦辣，仿佛写的是真我，写的是我亲生父亲。写到动情处，我泪水盈眶，止也止不住，不得不放下笔，走出房间去调节心绪，等心绪平静后再写。写着写着，我的泪水又涌了出来。写字台上、地下时时有我扔下的浸湿了泪水的纸巾，眼睛经常是红的。写作“父亲”的日子，是我人生流泪最多的时刻。我是用真心、用真情在写。至今我重读“父亲”的一些章节，还是忍不住泪流满面。写“父亲”构思的时间长，真正写的时间不太长。没用多长时间就写起了《享受父爱》冬之卷（即第一部分）四章，六万多字。写出来了，是好是坏，是优是劣，我没有把握，就请人打印装订了两本，送给我们县的两个作家方一方、廖崇纲先生，请他们帮忙诊断把脉。我头一天晚上给他们，他们第二天早上就回了话，异口同声：“写得好！”这一下我才吃了定心丸，充满信心地继续写下去。2008年，《柴埠溪》秋季号隆重推出了《享受父爱》冬之卷。2009年，《柴埠溪》秋季号又连发了《享受父爱》春之卷、夏之卷。同年底，《三峡文学》选发了《享受父爱》第十一章，同时刊发了一篇评论文章。2009年9月，《享受父爱》定稿。2010年8月，《享受父爱》由长江文艺出版社出版发行。

我终于圆了长篇小说之梦。

梦虽圆，但这个梦做得好不好，美不美，我不敢言说。作品搁在那儿，只能任人评说。需要交代的是，许多读者关心我，爱护我，鼓励我，鞭策我，已有一百多位读者或打电话、或发短信、或致书函、或撰文章，而且已有多家报刊发表推介和评论文章。我很感动、很感激、很感谢。为答谢众读者和文友的关心和厚爱，我和从刚先生共同选编了这本《享受父爱》笔谈，也算为《享受父爱》的写作、出版、发行做个小结。也盼读者和文友不吝赐教。

（2011年中秋月圆之夜）

别具特色的渔洋关民俗节

五峰渔洋关是土家族、汉族杂居的地方。土家族、汉族的先民们在这里共同劳动、生活，繁衍生息，土家、汉族文化在这里交汇、交流、交融，形成了独特的地域文化，民俗就十分鲜明地显现出独特的地域文化色彩。现列举一二，可见一斑。

春节

渔洋关人视春节为全年中最盛大的节日。

农历正月初一为春节。在渔洋关，一般把农历正月初一到正月十五视为过春节。

春节的主要是活动是拜年，辞旧迎新。从前，拜年是真拜的，有形象生动的民谣为佐证：“拜年拜年，髁膝上前，屁股一撅，又是一年。”拜年从正月初一拜到正月十五，也有只拜到正月初九的，初九称为上九日。有心拜年，不分迟早。拜年，主要是晚辈给长辈拜。初一拜父母，初二拜丈母，古往今来如此。不拜，被视为对父母不孝，对长辈不尊。给长辈拜年要携带礼品，大多是副食品、土特产之类。带礼品只是个意思，礼轻情意重。小孩子给长辈拜年，长辈要给打发，也有的叫压岁钱。

正月的饭不欺客，来的都是客，不分贵与贱。不分穷与富，客多家兴旺。小孩子进门拜年也要当贵客待。无论什么人家，来了拜年的客，要整最丰盛的酒席，不能小气，不能吝啬。

正月初一，清早出门，都必须从外面带点柴火进屋，以示“开门大吉，招财进宝”。到别人家去，进门要喊：“送恭贺啊——拜年哪——”“恭喜发财呀——”话要选最吉利、最好听的说。给别人拜年要随手带柴进门，喻为给人家“送财（“柴”同“财”谐音）进门”。

初一至初三，忌挑水进屋，忌往屋外泼水，忌扫地，忌说不吉利的话。

正月十五是元宵节，也有叫把儿年的。元宵节家家做汤圆、包饺子、蒸粑粑。元宵之夜闹元宵，狮子、龙灯、彩莲船等民间文艺演出队，进村串户，穿街进巷，通宵达旦，彻夜不眠。

三十的火，十五的灯，正月十五晚上家家户户灯火通明不夜天。室内灯光明，室外路灯亮。农村兴点路灯，各家各户屋边路上插满蜡烛，少则几十百多支，多则成百上千支，人户稠密的地方，路灯连成一片，灿若星河，交相辉映，极为壮观。

端午

端午节，渔洋关人大多叫端阳节。在渔洋关，端阳也有大小、头末之分，农历五月初五叫小端阳，亦称头端阳，五月十五为大端阳，五月二十五为末端阳。

五月初五包粽子纪念屈原。早前有过数次赛龙舟，渔洋关叫划龙船。

端午节，家家户户割艾蒿，插在门顶、墙壁的隙缝之中阴干，说是避邪消灾驱瘟疫。据传端阳艾蒿药用极佳。这里人家添的小山羊，都要用艾蒿燃烟熏几次，熏过的羊无病无灾，生长得快。

月半

月半，又叫“鬼节”，是亡人的节日。

月半月半，七月的一半，七月前半个月为月半。也有说是从初七到十五。

有俗谚道：“年小月半大，神鬼也要歇三天驾。”“年小月半大，长工也要歇三天驾。”可见历来人们对月半的注重。

年是拜，月是接。月半期间，父母都要接出嫁了的女儿回娘家过月半，做最好的东西给女儿吃，女婿当然也就跟着搭上了洪福。

月半期间要祭祀亡人，农村称之为“叫饭”。初七以前祭祀新亡人，初十以后祭祀老亡人。可以置办酒席，先祭亡人，祭后食用。也可备肉、鸡蛋、豆腐做祭品专祭。祭品不能用南瓜、茄子等蔬菜，说是亡人的忌物。祭祀时，拿双筷子放在饭碗上，呼唤亡人回来“吃饭”，吃罢饭（数分钟即可）倒点茶水在地下，以示祭毕，请亡人喝茶、下席。也有新老亡人一齐祭，多在初七、初十两日。祭毕，燃烧纸钱，打发亡人去赶云南（盂兰）会。

中秋

农历八月十五是中秋节。

中秋之夜，家家户户赏月吃月饼。

中秋之夜，盛行摸秋。摸秋，是趁黑夜到人家田园里摘取瓜果蔬菜等物。摸秋不算偷，主人被摸也不视为被盗。当然，摸秋只能小拿少取，而且只能是田园里长的物品。偷盗是不能等同于摸秋的，绝不能以摸秋为名进行偷盗。偷盗是要受到惩罚的。

童子的手，越摸越有（童子即没有结过婚的青年男女），未婚人摸秋被视为大吉。

月圆于天，人圆于地，中秋之夜，月明星稀，青年男女以摸秋为名，趁机幽会，谈情说爱，无人干预。没有生育过的妇女，摸秋不被人发现，便可得子，据说这天是送子娘娘下凡搞“调查研究”落实送子计划的好日子！

除夕

除夕，农历一年的最后一个晚上，也指一年的最后一天。俗称过年。过年有大小之分，腊月二十四是小年，腊月最后的一天是大年。

小年祭灶神，打发司命公公上天言事。

大年，用煮熟的整猪头，并点炮燃香烛，祭祀神灵，祈求新年赐福，家事兴旺，子孙平安。这种带有迷信色彩的习俗现大多已经不时兴了。

大年三十，家家户户去尘秽。净门户、挂门神、贴对联、张灯结彩、悬挂灯笼，家家焕然一新，户户喜气盈门。

大年大团圆，一家人必须在一起吃团年饭，无特殊情由是不能缺席的。团年饭是全年最可口、最丰盛的一顿饭，一家人尽情饮宴，叫作吃年饭，极尽天伦之乐。

团年饭后，要给已故至亲的坟墓送灯，鸣放鞭炮，以视过年不忘先祖。

大年晚要守夜，亦称守岁。守岁守岁，一夜不睡。守岁至黎明，或旧岁新年交界之时，家家户户燃放鞭炮，放三眼铳，此起彼伏，经久不息，表示新的一年开始了。

三十的火，十五的灯，三十的火要烧得旺，越旺越好。农村火坑里要放一粗大的木柴做火主。火主要从大年三十烧到正月十五，留其未尽柴头，送至菜园，自此以后，园中蔬菜就不生长虫子了。

（原载《农家书屋》杂志2011年第11期）

十碗八扣待宾客

十碗八扣是五峰自治县渔洋关一带的盛筵。只有逢年过节、红白喜事，招待至亲、贵客、嘉宾才置办这种筵席。因十碗菜中八碗是扣菜，所以又称“扣席”。

扣席的菜谱是有一定之规的，即：鸡、肚、肉、圆、蹄，羊肉、蒸杂、鱼，头子、小炒先上席。“头子”即用头子碗盛的肉糕。其中肉糕、蒸杂、正肉、蹄子、鸡是不可或缺的，其他几种，确因缺少原料可以调换替代，至多两三种，否则，便不能叫十碗八扣了。

扣席每道菜的制作也是极讲究的。

肉糕：先用和菜垫底。和菜是用香菌、木耳、粉条、豆腐角等多种原料爆炒拌和而成。用头子碗将和菜装满成凸型，再在上面放上肉糕。肉糕是用猪肉、糯米粉子（有的是买的和粉）加佐料和成糊状，放入蒸笼格子里抹平后糊上一层生鸡蛋，蒸熟后，切成长方形块，用十六条按四方摆满和菜凸现部分。最后在肉糕上涂上些红色。

小炒：爆炒土豆丝，面上放少许瘦肉丝。

蒸杂：用肉片和苞谷粉子加佐料稀释拌和后，先在碗底放一层拌和匀了的浓苞谷粉子汤，然后把肉片重叠整齐地放成一排，再用苞谷粉子汤将碗装满，用蒸笼蒸熟。

正肉：又称扣肉，先把肉切成厚薄均匀、大小一样的肉片，再把肉片并排重叠整齐地放在碗底，上下空隙间塞满肉片，然后用盐菜、椿芽之类干熟蔬菜将碗填满蒸熟。

羊肉：先将熟羊肉切成片，平铺碗底，再装满方型小块豆腐。没有羊肉，可用其他瘦肉片代替。也可纯用豆腐。

圆子（丸子）：把肉剁碎，加豆腐或者糯米，和生鸡蛋拌匀，做成形如汤圆大小的丸子，蒸笼蒸熟，取出后装满碗。

蹄子：先将猪蹄剁成小块加佐料用生水煮熟，然后选比较成型、质地较好的肉块放在碗底，再随意装满碗。

鸡子：先将整鸡剁成块，和苞谷粉子加佐料稀释拌匀，也可纯用鸡子，如前述蹄子一样上碗蒸熟。

鱼：切成块，用菜油炸或煎熟后上碗。无鱼可用香肠等切片代替。鱼或者香肠铺垫碗底，再放满杂辣椒、豆豉或其他干菜，稍稍压紧。

肚片：将猪肚煮熟切片，铺在碗里，再放满其他常食干蔬菜。

十碗八扣基本做成，上席前再架蒸笼蒸热，等到开席。

扣席一律用大方桌。一桌坐八人。上方为上席，下方为下席，两侧为旁席。上席为大，下席次之，旁席再次之。最亲最尊者坐上席。

客多可以一次同时开两席、四席。两席和四席之间（正对大门）为席口。并排两席挨席口者为最大，人最亲、辈分高者坐。

上席客请入席后，再请有身份、有名望、懂礼节的人坐下席和旁席作陪客。陪客必须以礼、以情陪好上席客。若无专职斟酒、劝酒，陪客须代理。有时，上席客太多，自觉不要陪，可把桌子转一个向，表示没有上、下席之分，就可以随便落座了。

客请齐了，支客司便高喊：“坐落了——”厨师便开始从蒸笼里端出蒸热了的菜，先用洁净的青花碗或红花碗扣盖在热菜上，然后翻转过来，再揭开原先装菜的碗，碗碗菜光滑、整洁、美观、大方。热气扑面，香味诱人。

紧随支客司“坐落了”的喊声，三眼铳三声轰响，唢呐吹起了迎宾曲，打大盘子的（即端菜的）高喊“顺啊——”端着调盘上菜了。调席的（即放菜在桌上的）须在席口调席。

上菜是有先后顺序的，每席一次只上一道菜。

端菜上席，必须从席口进，先上并排一、二席，再退至三、四席之间，调盘的菜上完，退出席口后才能转身朝前走。

第一道菜上肉糕，肉糕先要放在桌子正中间。这时，东家老板要在支客司的带领下讲礼行，或由寿星佬，或由新郎、新娘，或由新生儿的父亲向来客说几句客气话行三鞠躬礼。

第二道菜上小炒，一手端起小炒，一手把肉糕推向左上角，再把小炒放在右上角。

第三道菜上正肉，又放在桌子中间。

第四道菜上蒸杂，上第四道菜时，将第三道菜推到它应在的位置，然后把第四道菜又放在中间，后各道菜依次如此操作。蒸杂面上也要点红。蒸杂上若放了花，是厨师在讨利市，上席客或多或少要给几个钱，放在调盘里。

第六道菜上蹄子，此时，打大盘子的高喊“顺啊——大炮手啊”，三眼铳顿时轰响，唢呐、大号高扬，三声炮响之间可以鸣放鞭炮。调席的若把蹄子放在了蒸杂的位置上，即表示东家老板有留客之意；若在蹄子上放了猪爪了，就表示东家老板无意留客了。

最后一道菜上鸡子。

扣席十道菜上席顺序及放置部位如下图：

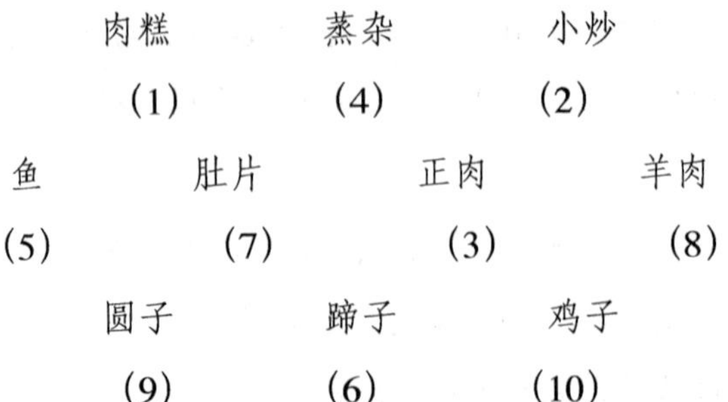

其中，（1）（2）（3）（4）（6）（10）上席顺序是固定的，不可更改。如同时两席，须并排放，以席口为中心，上图为右边一席，左边一席则须同右席对称。三、四席形同一、二席。

十道菜上齐，打盘子的又把十碗饭用条盘端上放在桌子上，这时宾客方动箸食用。

宾客食用也有规矩：先吃肉糕，一人一次一片，一人两次，不能吃别人的份；最后吃蒸杂、正肉；无论哪一碗菜，各人只能夹自己面前的那一方；先吃完的不能先下席；宾客下席散座后才能撤空（即收拾碗筷、抹桌子）。否则被视为无知无礼。

撤空时，放三眼铳，吹唢呐，厨房又准备出下一发席的菜，支客司再请客入席。

整扣席，是渔洋关一带的传统待客盛筵。如今，大多数地方不时兴了，现在用的是圆桌，兴的是菜多菜好为敬，只有少数边远山村和同渔洋关毗邻的部分乡镇农村还保持着这种地方色彩浓厚的饮食习俗。

（1995 年 5 月 5 日）

曲苑奇葩柳子戏

你知道柳子戏吗？

你看过柳子戏吗？

看看《中国戏曲曲艺词典》可知：柳子戏是一种传统的民间地方戏曲，相传明朝末年就流传于鄂西五峰、鹤峰边界一带。它历史悠久，源远流长，据《长乐县志》记载："正月十五……张灯演花鼓戏，多唱杨花柳，其音节出于四川梁山县，又名梁山调。"可见它起源于四川，后流传到鄂西，杨花柳是梁山调声腔的繁衍，杨花柳腔在鄂西一带与当地民族民间音乐和方言俚语相结合，经民间艺人传唱、加工，形成了杨花柳戏。因杨花柳在当地语言中含有水性杨花之意，故改称柳子戏。

柳子戏的角色行当、表演形式与我国其他传统戏剧基本相同，但它独特的声腔艺术是任何剧种都无法取代的。在五峰境内（主要是湾潭）的唱法为四大部分：一是新。老杨花柳，即五峰柳子戏主腔"同观调""丑角板""狗狮羊"。二是"北路""南路""琵琶板""满堂音"(本地皮影戏声腔)。三是打锣板（本地傩戏中生、旦、丑等声腔)。四是民歌小调。其二、三、四部分不属柳子戏，但均为柳子戏所用。柳子戏声腔唱法有两种：一种是本嗓平腔演唱，尾部不翻高，称为"老柳子”。另一种是真声假声相结合，尾部声腔翻八度演唱，称为“新柳子”。这种尾腔翻八度的唱法，在全国戏曲唱腔中独具特色，绝无仅有，可称为天下一绝。柳子戏的器乐曲牌有丝弦牌子和吹奏牌子两大部分，共有曲牌二十余个，风格玉润温柔。主奏乐器大筒，发音洪亮，音色浑厚。柳子戏角色主要为生、旦、丑，大戏也有净角。柳子戏的传统剧目经初步挖掘有一百多个。常演剧目有《打金银》《打芦花》《打仓救主》《侯七救母》《曹安杀子》《宋江杀惜》《银哥烤酒》《蠢子回门》《谷屯子接妹》等。这些剧目一是取材于当地民间传说、故事、传奇。艺人称之为“一家之戏”。二是移植、改编其他剧种的剧目，多是历朝历代帝王将相的故事，艺人们称为“一国之戏”。

新中国成立后，在党和政府的关怀和扶持下，柳子戏得到了新生和发展。20世纪50年代至60年代初，五峰湾潭乡业余柳子戏剧团在县、乡文化馆、站的组织、辅导下，每逢农闲集中排练，巡回演出，深受群众欢迎。“文化大革命”中销声匿迹。1979年，五峰的乡业余剧团恢复，先后排演了《山伯会友》《凉亭会》《葛麻后传》等。省电台曾采访录音、选播了唱段。戏班子80年代仍有活动，部分艺人还在鹤峰柳子戏班子里客串角色。1979—1982年，湾潭公社文化站挑选了十几名青年，组建业余剧团，排练演出了传统剧目和新编剧目，演出二十几余场，观众达一万多人次，轰动一时。1984年，县歌舞剧团整理、排演了传统剧目《打罐结亲》，演绎历史传奇，褒扬坚贞爱情，旧瓶新酒，推陈出新，在县内外公演，受到广大观众的欢迎和好评。又参加省、地调演、会演，受到省、地领导和专家的赞誉和表彰，斩获大奖。现为五峰剧团的保留剧目。1989年，柳子戏被纳入省戏剧音乐集成项目，经加工整理的送审书稿得到了专家的肯定和好评，已入编《中国戏曲曲艺词典》。

柳子戏是我国戏剧艺苑里一朵绚丽芳香的花朵。

但是，近年来，快餐文化、时尚文化、精英文化、外来文化严重冲击了民俗文化、民间文化、民族文化、民众文化，柳子戏这一曲苑奇葩几乎无人问津了！

柳子戏还会有出头之日、亮相之时吗？

（原载 2021 年 7 月 26 日《南都晨报》）

历历岁月送年轮（编后语）

廖崇纲

老朋友、五峰乡土作家王永红先生的散文集《山水笔记》中的主体作品，写的多是河流两岸的事件、人物及乡村故事。这部散文集，犹如永红先生在山间坪坝，用心用力搭建的一处新颖别致的“抱朴书斋”，虽然没有雕龙画凤、斗拱翘檐、描金镶玉的富丽堂皇，但其清水出芙蓉、天然去雕饰的自然本色，用心品评，真的是：

高山流水有知音，寒暑更替写人生；
流年五味尝苦涩，历历岁月送年轮。

八十年来，永红先生除了在老县城工作生活近十年，余下的六七十年，他没有离开过家乡的这条小河。虽然之前，他在旧体诗、中短篇和长篇小说中，都曾描写过艺术虚构的一条两条河流，但远远没有写出家乡溪河的一鳞半爪。

在三年前的五峰笔会活动间隙，阎刚先生、永红先生和我一起说及永红先生打算写点散文的话题。永红先生谦虚地表示，没怎么写过散文，有些畏难情绪。

“只要你写起来了，没有什么蛮难的。长的短的小说写了百把万字，还写不好散文，笑话！”阎刚快人快语，自然是给永红先生鼓劲。

“怎么写，写什么，心里没有底啊。”永红先生回应说。

阎刚由彼及此：“老作家沈从文写沱江写出了《边城》和《湘行散记》。你就写写渔洋河，说不定就写出了好东西。”

“我一小门小户，哪里敢与高门大户相比对？写渔洋河都不够格局。但你提醒了，我就写家门口的那条小河吧。”已经打定主意的永红先生，这样算是回应了阎刚的热情鼓励。

且看在《纸浆潭》一文中，作家是这样叙述造纸工艺流程的：根据地形，每家纸厂都必须先挖几个水池，或大或小，水池挖好了，把造纸的原材料放进去（竹子要锯短捶破），放一层材料撒一层石灰，将水池铺满，水要淹住原材料，浸泡十天半个月，甚至更长时间。然后捞起材料，清洗干净，送进碾槽碾碎。碾坊里，有一个用坚硬青石打磨而成的大碾盘，其直径两三米，上千斤重，利用水车带动碾盘旋转，把材料碾碎碾成细末儿，碾成纸浆。然后将碾碎了的纸浆放进一个池子里，用筛状的盘子一层一层捞起，过滤，晾干，再放到阳光下晒干后，切割成所需要的大小和形状，粗纸比较粗糙，但不易断裂，斗方纸比较细腻，但容易破碎，必须分别晾晒。晒干后，一捆一捆地打包存放到库房。再等客商来购买和送出去销售。泡材料的石灰渣和造纸废弃的纸浆都排放入涧河里，流入小河里的第一个潭里。四家纸厂的石灰渣、纸浆全都排放到这个潭里，经年累月不断地排放。这个潭很大，水很深，又是不大流动的静水，纸浆流入水潭之后慢慢沉淀、淤积，渐渐地把这个潭填积了很厚很厚的纸浆。

你看，一幅“旧作坊的纸浆工艺”图跃然纸上，把即将失传的工艺细节呈现给读者，让读者可以在旧作坊旧工艺里感受一种对于即将流逝的工匠文化的留恋。

这本散文集中的大部分作品，都是永红先生自2020年年底至今写作的关于乡居日常生活的文章，作为植根本土的一位作家，尤其是一位年近八旬的高龄作家，永红先生在散文中所呈现出的对生活的温情是让人格外亲近的。他几乎是一口气创作完成的“小河十潭”落笔于生活另一种温馨可人的“怀旧”，写得格外精致、细腻、感怀入微，特有劲道。

（廖崇纲，湖北省作家协会会员，
《五峰土家族自治县志》主编兼总纂）

白云生处有人家（代跋）

——读王永红先生《山水笔记》偶得

韩永强

永红先生是我的忘年交。二十多年前不知他的“出身”，读到编辑部分给我的自发来稿，开始编发他的第一个作品，就被他的作品吸引，从此对他的作品“偏爱”有加。因为他的名字中有一个“红”，而我编发他的作品有点儿多，在俗人心里自然会波澜起伏，以至于坊间闹出了轻浮的猜测，成为一桩文坛笑谈。

王永红先生当年以小小说创作见长。他的语言文字十分讲究精炼简洁，总是能在几百上千字的篇幅中，把一个故事讲得生动传神，把一个人物刻画得栩栩如生，永红先生的这类作品，短小精悍，文约意丰，特别适合报纸副刊刊发。一篇篇小小说发表后，在读者中反响也很好。作为编辑，对这样的作者“偏爱”，在情理之中。

随着对永红先生的不断深入了解，我知道了永红先生是五峰很少走出过大山的一个基层文化工作者，一直倾心于五峰民间文化搜集整理，而且早已卓有成就。他小说中的那些人物，早已存活在他的心底，可以召之即来。从小小说、短篇小说到长篇小说，永红先生在几十年的文学创作中，越写越有心得，乃至佳作迭出。作为多次编发他作品的编辑，看到自己抬举的作者成就斐然，心中难免跟着有些得意。

谁也没有想到，在小说创作领域风生水起的永红先生，被五峰的奇山秀水深深诱惑，忍不住要直抒胸臆，讴歌五峰的山水，于是一度又醉心于古风体诗歌创作，而且一发不可收，短短几年时间推出了几本诗集。他的诗作文字极古朴洗练，却诗情画意粲然鲜活，情趣盎然，俨然成为五峰山水推介的“代言人”。

永红先生的文学创造力为什么如此旺盛？在我还来不及寻找答案的时候，他又把一本沉甸甸的《山水笔记》散文集，推送到我的案头。

打开永红先生散文集样书，让我眼前立马出现了一幅幅阡陌纵横的乡居生活画卷，立马看到了青山如黛、清泉石上流的乡村风光，立马听到了鸡鸣狗吠、牛哞羊唤的乡村“交响乐”，立马感受到了土家吊脚楼上的炊烟袅袅和让人口舌生津的乡村味道，笔下情不自禁地出现了“白云生处有人家”的字样。

永红先生的文学之树为什么能够长青？读他的这个散文集终于找到了答案。他所有的作品，无论是几十年前的小小说、短篇小说和长篇小说，还是后来的诗歌，及至今天的散文，一个共同的特点，是把文学的根深深扎在他脚下的白云生处。

永红先生家门口有条清澈透亮的小河，平凡得一个像样的名字都没有，千万年来却不废日夜浅吟低唱，润泽着田野和村庄。在一个清风月明的傍晚，永红先生信步“小河”边，被叮咚的泉水歌吟打动，立马产生了一种使命感，觉得应该为这条孕育了一辈又一辈村民的“小河”，写一点儿东西，感恩眼前如此质朴又深情的“小河”。

月光下的小河，按照自己的方向一如既往地流淌，永红先生的思绪却展开了翅膀。小河两岸，一个个鲜活的人物，一个个生动的故事，都在清凌凌的河水里浮现出来。如果用小说的方式呈现于文字，对永红先生而言驾轻就熟，但是他决定突破自己，把写作的重点放到为“小河立传”上来。那些人物和故事，都只能作为“小河”这个舞台上的“皮影”。于是，“石板潭”、“回龙潭”、“錾磨石潭”以及“鸡公潭”等“小河十潭”粉墨登场了。

小说家的看家本领是讲故事、刻画人物。虽然永红先生执意要为小河“立传”，但是笔下绝对不会只有一潭又一潭的清水；既然把小河当作了一个舞台，舞台上必须要有人物和故事，否则就是一溪清水空流去。

永红在《桥潭》中别有深意地写道：“小河里，潭变滩，滩变潭，沧桑巨变；人世间，穷变富，富变穷，世事难料啊！”读到这里，我们会明白永红先生的“十潭”貌似在写那些潭，实际上还是在“借潭”说人间沧桑。等到读者把十个潭的故事一一读完，自然会明白，这些“潭”所映照的，完全是“小河人家”的历史缩影，是时代悲欢离合的客观记录。

永红先生的文章，都得益于“小河”那个地方的纵横阡陌，溪水潺潺。读完全部作品，我们又意识到，一个作家，光有生活的积累是不够的。让那些躺在地上的人怎样“站起来”，或用什么姿态站起来，成为作品中“人物”，是需要大智慧的。结构、细节等手段不可少，而最有表现力的却是语言。或者质朴，或者深刻，或者轻松，或者幽默，拿捏得体，才能相得益彰。永红先生做到了，所以他不同体例的文章才有了安身立命的保障。

2022 年 1 月 2 日于明月斋

（韩永强，湖北省作家协会会员，《三峡日报》高级编辑，
湖北省宜昌市散文学会常务副会长）